강화학개론

빈형 게임 판타지 장편소설

WISHBOOKS FANTASY STORY

강화학개론 9

빈형 게임 판타지 장편소설

초판 1쇄 찍은 날 | 2018년 3월 21일
초판 1쇄 펴낸 날 | 2018년 3월 28일

지은이 | 빈형
펴낸이 | 예경원

기획 | 위시북스
편집책임 | 이규재
편집 | 이즈플러스

펴낸곳 | 예원북스
등록번호 | 제396-2012-000132호
등록일자 | 2012. 7. 25
KFN | 제1-219호

주소 | 경기도 고양시 일산동구 호수로 646-24 위너스21 II 빌딩 206A호 (우)10401
전화 | 031-819-9431 팩스 | 031-817-9432
E-mail | yewonbooks@naver.com

ISBN 979-11-6098-826-0 04810
979-11-6098-321-0 (set)

※ 이 도서의 국립중앙도서관 출판시도서목록(CIP)은 서지정보유통지원시스템 홈페이지(http://seoji.nl.go.kr)와 국가자료공동목록시스템(http://www.nl.go.kr/kolisnet)에서 이용하실 수 있습니다.

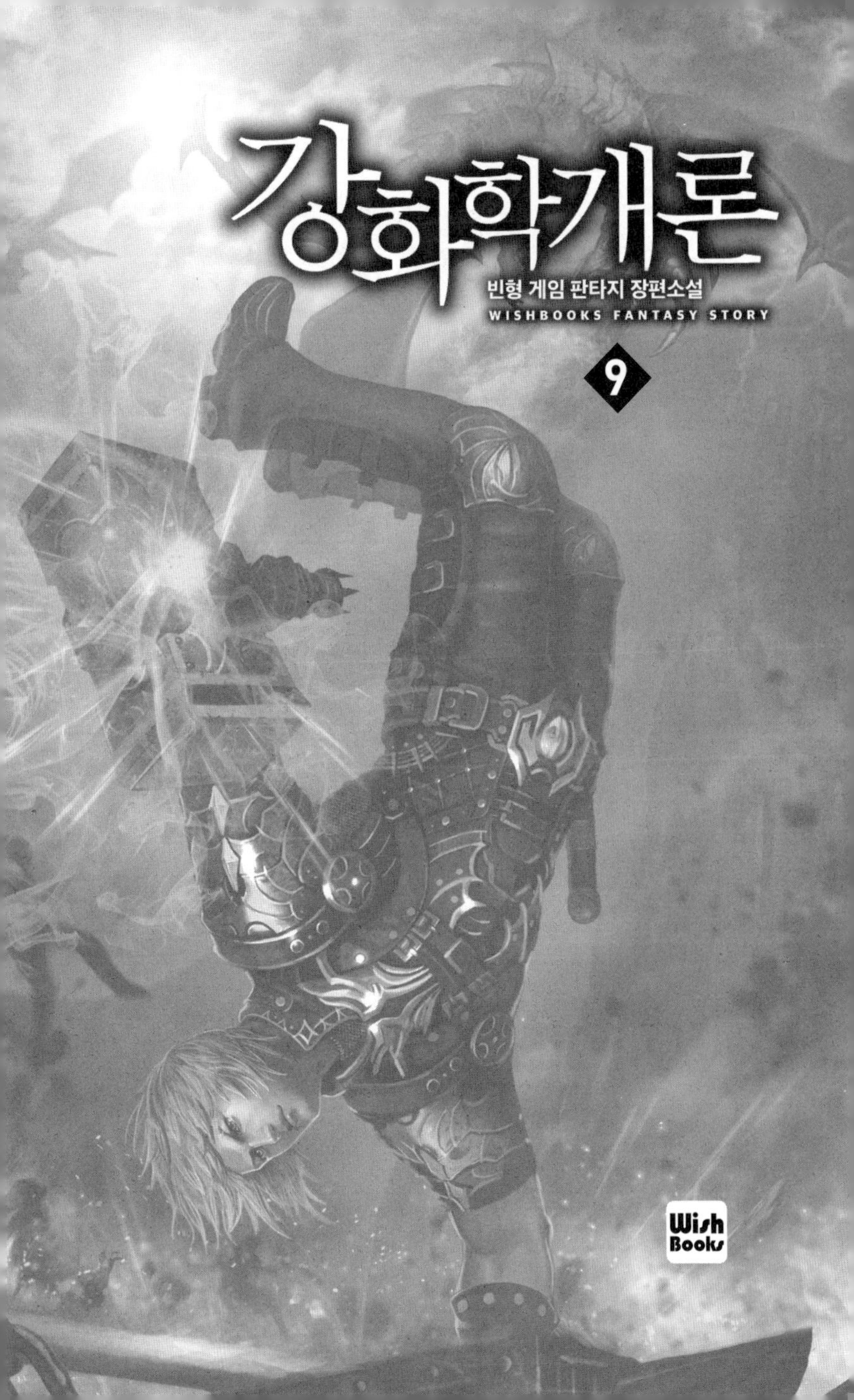
강화학개론
빈형 게임 판타지 장편소설
WISHBOOKS FANTASY STORY
9
Wish Books

강화학개론

CONTENTS

Episode 39.

올 땐 네 맘 갈 땐 내 맘

1

['룬: 재생 능력' 효과를 300초 동안 적용받습니다.]

[적용 시간 내 체력과 마력 회복 속도가 5,000% 상승합니다.]

['룬: 초월' 효과를 300초 동안 적용받습니다.]

[적용 시간 내 모든 스킬의 재사용 대기 시간이 80% 감소합니다.]

[두 가지의 룬이 융합되어 '특수 룬: 절대 무적' 효과를 적용받습니다.]

절대 무적은 30초에 한 번, 치명적인 일격을 당했을 경우 피해를 무효화시킨다.

아무리 레벨이 오르고 새로운 장비로 전력을 재정비한 토끼들이라 한들 수년간 훈련하며 레벨을 올린 병사들의 공격을, 그것도 수천, 수만 명 사이를 누비며 얻어맞기는 부담스러울 상황에서 최적의 룬!

"에이 씨, 또 이거야?"

물론 한시민은 마음에 들어 하지 않았다.

그의 취향은 이쪽이 아니다. 맷집을 자랑하며 얻어맞는 건 내세울 것이라곤 맷집뿐이었던 초보자 때만으로도 충분하다. 이제 유일한 광역 스킬인 수달이의 버프로 멋지게 전장을 휩쓸고 싶다.

"랜덤인 게 참 문제란 말이지."

골라 쓸 수 있으면 참 좋을 텐데. 쿨타임도 5시간이나 되는 주제에 말이야.

인간의 욕심이 얼마나 무한한지를 자랑하며 토끼들과 함께 후작군의 뒤를 친다. 사기 충만한 후작군이라 한들 한시민에게 위험한 상황은 쉽게 오지 않았다. 갑작스레 나타난 수십의 토끼와 한시민을 신경 쓰기엔 정면에서 튀어나오는 리치 영지군의 수가 워낙 많았으니까.

후방에서 일부가 상대하고자 달려들었지만 아쉽게도 그 정도 숫자로는 어림도 없었다.

이미 지칠 대로 지쳤고 토끼라고 무시하는 모습.

내지르는 창은 동네 똥강아지를 내쫓는 양 힘이 들어가 있지 않고 그나마 저 전쟁터에 참여하지 않고 후방에서 빠져 시간을 보낼 수 있음에 감사하는 눈치!

적어도 수천을 상대할 각오로 뛰어든 한시민과 토끼들에겐 허무하리만치 가벼운 상대.

"으아악!"

"억!"

폴짝 뛰어서 문다.

가볍게.

가볍게 무는 토끼의 이빨에 끼워진 15강 틀니는 인간의 가녀린 살쯤은 가볍게 파고들어 숨통을 끊어놓는다.

바위마저 씹어 먹을 생각으로 만든 장비!

자연스럽게 후방이 초토화됐다.

동시에 전방과의 격돌!

……은 일어나지 않고 영지군은 일정 거리가 유지되자마자 다시 성으로 뛰었다.

비웃음을 사도 이상하지 않을 전술!

"성으로 들어가기 전에 꼬리를 잡을 수 있어."

하나 확신하고 비웃으며 쫓는 후작군은 끝까지 웃을 수 없었다. 그들의 판단은 정확했지만 너무 오랜 시간 싸웠고 지칠 대로 지쳐 간과한 부분이 있었으니까.

둥– 둥!

마력포!

"안 돼!"

잠시 잊을 만했다. 마력포에 당한 기억이라곤 영지전 초기 한 대 얻어맞은 게 전부고 그 이후론 그들이 잠을 설치게 만드는 알람에 불과했으니까.

그보단 직접적으로 눈앞에 나타나 이빨을 들이미는 몬스터들이 더 무서웠고 지금은 모든 리치 영지군이 튀어나왔다고 눈이 먼 판단을 했으니까.

해서 영지전이 시작된 지 2주가 지난 지금에야 마력포는 자신의 위엄을 마음껏 뽐낼 수 있었다.

펑!

날아와 정확히 터진다. 인정사정없이.

아군과 적군의 간격이 아슬아슬하지만 마력포는 결코 아군을 공격하는 경우가 없었다. 마력포만을 위해 공부한 자들이 마력포를 잡고 있었기에.

불량품이 섞여 좌표가 틀어지지 않는 한 실수란 없다.

그렇게 전후방으로 후작군은 지옥을 겪어야 했다.

사실 시간 싸움이었다. 아무리 한시민이라 한들 수만의 병력을 깡그리 몰살할 만큼의 힘은 없으니.

룬 또한 마냥 무적이 아니다. 5분 지속에 300분 쿨타임.

전쟁이라는 큰 그림에선 분명 길지 않은 시간이지만 그렇다고 오래 시간을 끌 만큼 여유가 있는 것도 아니니까.

슬슬 내부에서 손님들의 나가고 싶다는 목소리가 하나둘 나오고 있다.

대륙의 NPC들은 이런 상황이 나름 익숙하니 덜하다 쳐도 유저들의 경우는 아니다. 게임이나 현실이나 타의로 자기가 뭘 하지 못하는 상황에 굉장히 민감하다.

하루 이틀이야 재미있다고 보겠지만 비싼 돈 내고 게임하는 데 자신과는 전혀 상관도 없는 영지의 전쟁을 몇 주간 구경하는 게 무슨 재미란 말인가.

해서 끝내야 했다. 박수칠 때, 다들 관심이 집중되어 있을 때.

그렇기에 한시민은 큰 결단을 내렸다.

"빌어먹을 후작 놈. 날 이렇게까지 몰아붙이다니."

후작은 한시민 얼굴조차 모르지만 한시민은 한숨을 내쉬며 빼액이를 불렀다.

쓸 때가 온 건가.

당장 보유한 200만 GP를 모두 소모해 드래곤 성체를 향한 발걸음을 내디디고 싶었지만 참고 또 참아온 인내의 결실을 볼 때가 왔다.

"이렇게까지 하고 싶지는 않았는데."

평생 봉인하리라 마음먹었었다.

내 죽는 한이 있어도 돈을 쓰면서 죽진 않으리라.

차라리 회수하지도 못할 빼액이의 레벨에 투자하지 한 번 쓰고 말 마법 따위.

그렇게 생각했었다.

정말 이걸 쓰면 난 인간이 아니라 빼액이의 기생충이라 독하게 마음도 먹었었다.

그런데 이렇게 되네. 돈을 벌고 벌다 보니. 돈을 쓰는 게 버는 길인 날이 오는구나.

오히려 덤덤했다.

"내 돈도 아닌데."

어차피 200만 GP는 그가 충전한 게 아니다. 카르디안이 충전해 준 포인트다.

"빼액아, 무슨 마법이 괜찮냐. 추천해 봐라."

마음을 놓으니 편해졌다. 여유롭게 당사자에게 호텔 뷔페를 선택할 권리까지 주었다.

얼마든 좋으니 한번 써보거라!

"빼애액!"

빼액이가 자신 있게 외쳤다.

"뭐래?"

"……."

당연히 해석할 수 없어 카르디안에게 물었다. 카르디안이 혀를 차며 해석해 주었다.

"메테오를 쓰고 싶다 한다."

"메테오? 호오."

다행히 한시민도 마음에 드는 마법이었다. 이미 시연도 한 번 본 적이 있고.

"네가 썼던 그거 말이지? 저번에 숲에서 나와서 꼴값 떨던 거."

"……."

하늘에서 떨어지는 유성, 그리고 파괴되는 성. 인명 피해는 엄청났었지만 그만큼 효과는 확실하다.

"그런데 우리 성에 맞는 건 아니겠지?"

"좌표를 계산하기 나름이겠지만 아예 없을 순 없다."

"그럼 보류."

"빼액!"

"스읍, 안 돼. 다른 거. 우리 성벽엔 티끌 하나 피해주면 당장 널 구워 먹을 거야."

"빼애액!"

가장 중요한 안전성에 대한 의문에 기각되었지만.

마력 1짜리 드래곤에게 주어진 처음이자 마지막 기회에 빼액이가 발버둥 쳤지만 이내 다른 선택지를 찾았다.

"……정말 그것이냐?"

"빼애액!"

"왜, 왜. 뭔데?"

"라이트닝 헬게이트라고 한다."

"라이트닝 헬게이트?"

그렇게 등장한 두 번째 선택지.

카르디안의 떨떠름한 말투에 무한한 신뢰를 느낀 한시민이 냅다 골드 서포트 창을 열어 확인했다. 카르디안조차 꺼릴 마법이라면 강할 게 분명하다.

"헉!"

하나 한시민은 강함보다 가격에 놀랐다.

"2만 골드? 한 번에? 이게 말이냐?"

찾는 건 어렵지 않았다. 가격순으로 정렬하면 최상위에 위치한 마법이었으니까. 강하다는 건 증명된 셈.

다만 어이가 없을 뿐이었다.

무슨 마법 한 번에 30억씩이나 처먹지?

충격의 도가니에 휩싸인 한시민을 보며 카르디안이 혀를 찼다.

"라이트닝 헬게이트는 골드 드래곤의 최상위 전격 마법이다. 당연히 많은 골드가 필요하지. 2만 골드도 아마 최소의 금액으로 최대의 효율을 보기 위한 가격일 것이다."

"……."

그래?

한시민이 잠시 고민에 빠졌다.

GP는 많긴 하다. 어차피 레벨 한 개 올리는 데 8천 골드씩 드는 마당에 스킬 한 번 쓰는 건 그리 부담되는 일이 아니긴 하다. 레벨 세 번 올리느니 이 전쟁에선 스킬 한 번 쓰는 게 훨씬 효과적일 것 같기도 하고.

정말 이렇게 시간을 끌다간 리치 영지의 이미지가 나빠질 수도 있다.

"흠."

그런 방향으로 고민하다 보니 결정하는 데 망설임이 없어졌다.

"한번 써보지 뭐."

가진 자가 된 한시민의 통 큰 결정! 리치 영지에서 나올 이익이 만들어낸 기적!

쇠뿔도 단김에 빼라고, 곧바로 결제했다.

우웅-

동시에 빼액이에게 스며드는 황금빛 오라들.

"빼애애애애애애애애애액!"

그 힘을 충만히 느끼며 빼액이가 포효했다.

빛이 번쩍였다.

"모여!"

그와 함께 들려오는 카르디안의 다급한 외침!

한시민과 토끼들이 본능적으로 그녀의 품을 향해 달려들었다.

그게 마지막이었다.

그 뒤로 황금빛이 세상을 뒤덮었다.

2

번쩍임과 함께 화면은 온통 황금빛이었다.

—뭐야?

—마법 쓴 거임?

시청자들은 팝콘을 먹다 말고 채팅창에 손을 올릴 수밖에 없었다. 한 편의 영화 마지막 부분에서 감흥이 깨진 것 같아 아쉬웠지만 그보단 몇 분이 지나도록 돌아오지 않는 황금빛 화면에 궁금증을 느꼈다.

—어떻게 된 거지.

—거기 있는 사람 없음?

—거기 있어도 황금빛이겠지.

물론 정답을 아는 이는 없었다. 한시민의 목소리도 들려오지 않고 채팅이야 원래 대답하지 않았으니 기대하지도 않았고.

기다릴 뿐이다. 기다리는 동안 다른 방향의 대화가 이어졌다.

—그런데 전쟁은 어떻게 끝나지?

—시민이 왔으니까 이긴 거 아님?

—에이, 그렇게 쉽게 끝나진 않지. 전쟁인데. NPC고. 보니까 토끼들도 학살하듯 잡지는 못하던데.

—시간 끌면 후작군이 유리할 수밖에 없음. 지금은 후퇴해도 다음에 정비하고 오면 솔직히 상대가 되겠냐. 후작 정도면 지금까지 이뤄놓은 게 얼만데.

—하긴, 리치 영지는 지금이 절호의 기회긴 한데.

—저 마법으로 한 반 정도만 죽어도 할 만하지 않냐?

—무슨 전쟁이 2D 게임도 아니고 마법 한 방에 수만 명이 어떻게 죽음.

—천 명만 죽어도 대단할 듯.

—3인칭 시점이니 그냥 시야가 나간 것일 수도 있음.

그렇게 한참을 떠들다 서서히 화면이 밝아졌다. 궁금증에 채팅이 잠시 멈췄다.

—어.

—음.

—???

하나 시간이 지나고, 화면이 아까의 그림과 이어질 정도로 선명하게 돌아왔음에도 활발했던 채팅창의 분위기는 다시 떠오를 생각을 않았다.

상대의 채팅조차 읽을 시간이 없을 정도로 빠르게 올라가던 불과 몇 분 전이 무색할 정도. 다들 방송을 나간 게 아닐까 의심이 들 정도.

드문드문 올라오는 의문부호만이 그게 아님을 증명해 주고 있었다.

—……아까 그 방송 맞죠?

—……아마도?

그리고 서서히 상황을 파악하는 시청자들이 나오고.

—미쳤다.

—와.

—저게 마법 한 번 쓴 거라고?

제대로 된 탄성이 5분이 지나고서야 하나둘 올라왔다.

채팅창만으로는 표현할 수 없는 감탄.

—녹화할 수 없는 게 천추의 한이다.

—다시보기 꼭 봐야지.

—영구 소장도 산다, 이 영화는.

오로지 단 한 장면.

10분도 채 되지 않는 한 번의 마법에 다들 현자타임을 느꼈다.

그럴 수밖에 없었다. 화면을 통해 송출되는 전쟁터엔 꽉 채울 만큼의 사람들 대신 텅 비어버린, 아직도 김이 모락모락 나는 땅과 그 가운데 널브러져 있는 한시민의 일행이 있었으니까.

나머지 사람들은 어디 도망갔느냐 묻는 멍청이는 없었다.

기승전.

결도 나오기 전에 영화는 끝났다. 빼액이의 2만 골드짜리

마법으로.

2만 골드면 30억이다. 세상에 게임에서 한 번 싸우는데, 그것도 그냥 스킬 한 번에 30억씩 쓰는 미친놈이 있을까.

물론 언젠가 한 번쯤은 누구나 해볼 만한 상상이다. 만약 자신이 정말 일 따위 하지 않아도 되는 부자라면, 가만히 앉아만 있어도 1초에 3만 원씩, 1분에 180만 원, 1시간에 1억이 넘는 돈을 버는 그야말로 돈에 해탈한 사람이라면 게임사를 사는 대신 게임을 플레이하는 평범한 유저인 척 얼마까지 쓸 수 있을까.

행복한 상상임과 동시에 쉽지 않은 상상이다. 누구나 살면서 자신의 한계에 맞춰 생각하기 때문.

한 번 클릭에 30억씩 쓰는 걸 저도 모르게 꺼리게 마련이다. 아무리 가정이라 해도. 그 정도면 그냥 게임에 쓰지 않고 현실의 나를 꾸미기 위해 쓰는 게 더 낫지 않을까 하는 본능적인 생각 때문에.

하나 한시민은 해냈다. 건물주가 된 지금도, 통장에 300억이라는 돈이 있는 지금도 길거리에 떨어진 500원에 행복해할 그가. 한 번의 마법에 무려 30억을 써버렸다.

그 이면엔 그의 돈이 될 수 없다는 허탈함과 전쟁에서 이겼을 때 그 쓰지 못할 골드를 다른 방식으로 환산해 받을 수 있다는 철저한 계산이 바탕 되었지만 어쨌든 썼다.

"……."

선택의 결과는 한시민을 실망시키지 않았다. 그저 후작에게 계기를 제공해 주기 위한 선택이었을 뿐이다.

이제 포기하고 도망쳐라. 우리에겐 아직 이런 무기가 존재한다. 짜증 나게 하면 너 죽고 나 죽자는 식으로 물어뜯는다.

딱 그 정도만 원했다.

그런데 빼액이의 힘은 그 이상이었다. 아니, 2만 골드의 힘은 상상을 초월했다.

"……야, 미리 깜빡이 정도는 켜줄 수 있잖아. 워, 씨. 죽을 뻔했네."

마지막 순간, 마법이 터지기 직전 카르디안이 한시민과 토끼들을 중심으로 쉴드를 쳤다.

그럼에도 그것이 깨지고 대미지가 들어왔다.

"뀨우, 뀨우."

토끼들은 여기저기 널브러진 채 살짝 익은 냄새를 풍기며 울먹거리고 있고 한시민의 체력 바는 바닥을 가리키고 있다.

15강 아이템을 둘둘 두르고 있는 와중인데도 그러니 카르디안은 어떻겠는가.

한시민의 품에 안겨 있는 그녀의 로브는 타버린 지 오래. 3인칭 시점으로 하늘에서 찍고 있는 카메라가 아니었다면 이미 방송은 19금 딱지가 달려 있었을 것이다.

그마저도 한시민의 뒷모습 사이로 얼핏 보이는 자태에 시청자들은 이미 눈을 부릅뜨고 화면을 키우고 있었지만.

"난 분명 말했다. 황금 드래곤의 최상위 전격 마법이라고."

예비용으로 들고 다니는 로브를 건네받아 입으며 카르디안이 조소를 지었다.

워낙 순식간에 벌어진 일이고 부족한 마나를 한계 이상으로 끌어다 쓰느라 입가엔 피가 흘러내렸지만 그녀는 동요하지 않았다. 오히려 말려 올라간 입꼬리엔 자부심이 한가득이었다.

"드래곤이란 이런 존재다."

이게 네가 하인 부리듯 부리는 드래곤의 위엄이다!

비록 블랙 드래곤은 그 외의 종족들을 인정해 본 적이 없지만 지금만큼은 위 아더 월드. 드래곤은 하나라는 마음!

"우리 빼액이 대단하긴 하네. 난 또 디안이 마법 쓰는 거만 보고 드래곤 무시하고 있었잖아."

"……."

"빼액!"

한시민에겐 통하지 않는 대리 자랑이었지만.

"황금 드래곤은 블랙 드래곤 다음으로 강한 종족이다. 황금의 양에 따라 일시적이나마 우리 종족을 뛰어넘기도 하지. 그

점을 간과하다니, 골드 드래곤의 주인으로서 자격이 없다."

"그래서 골드 드래곤 공격 하나 제대로 못 막고 쉴드가 깨지냐?"

"……그건 제약 때문에."

어쨌든 카르디안은 인정할 수밖에 없었다. 태연하게 설명하면서도 사실 놀랐다. 아무리 골드 드래곤이라 할지언정 빼액이는 다 자라지도 않은 상태.

"전쟁은 끝났군."

"그러네."

예상외의 상황과 함께 식어버린 분위기. 주위를 둘러봐도 보이는 건 텅 빈 황야와 운 좋게 범위 밖에 있던 후작군의 하얗게 질린 얼굴들뿐.

"와, 잰 진짜 운 좋네."

그 속엔 후작도 포함되어 있었다. 한시민이 반갑게 손을 흔들어주었다. 여차여차 영화 한 편 찍기 위해 만들던 영상은 아쉽게도 결이 없이 끝날 뻔했는데 잘됐다.

전이 워낙 화려하고 임팩트 강해 잘 끝낼 수 있을지 의문이었지만 일단 다가갔다. 질문하기 위해. 이제 마음이 좀 바뀌었냐고.

“항복하겠다.”

하얗게 질린 후작이 1초의 망설임도 없이 외쳤다.

대륙에서 전쟁을 치를 때 가장 경계해야 할 세 가지가 있다.

첩자, 상대의 전력, 그리고 마법의 유무.

셋 다 초기에 확인하지 않으면 아무리 강하고 많은 군대를 이끌고 가도 승리를 장담할 수 없는 변수이다. 특히 마지막 경우엔 숫자를 뛰어넘는 무언가를 만들어낸다. 현실로 따지면 핵폭탄과 같은 것. 계산이 불가능하다.

파이어 볼과 같은 마법이야 감수할 만하지만 그를 넘어 5서클만 되어도 전쟁에서 어이없을 정도로 황당한 상황을 연출해 낼 수 있다.

그런데 역사서에서나 볼 법한 마법이 떨어졌다. 현장에 있던 자들이 본 건 번쩍임뿐이었지만 이상하리만치 뇌리엔 그 상황이 선명하게 그려져 있었다.

시야가 황금빛으로 가득 차기 전, 0.001초나 될까.

하늘에서 떨어지는 거대한 창!

황금빛과 붉은빛이 오묘하게 섞인 거대한 창이 땅에 내리꽂힘과 동시에 사방으로 흩어진다.

그게 끝이다.

그 장면뿐이지만 그와 함께 이어지는 현실은 공포에 떨기 충분할 만큼 위력적이었다.

무엇보다 단 1인이 만들어낸 결과다. 이런 상황이 벌어질 줄 알았으면 후작은 절대 영지전을 신청하지 않았을 것이다.

"원하는 것은 모두 주겠다. 살려만 달라."

수천 명이 한 번의 마법에 죽었다. 고개가 절로 숙여지고 절망에 가득 찰 수밖에.

한시민이 그 모습을 보며 고개를 까닥였다.

"안내해."

"……?"

"영지로."

"……."

"걱정 마. 살려는 드릴게."

2만 골드만 생각하면 다 죽이고 아이템들을 내다 파는 게 좋아 보이지만 그를 위해 또 한 번 골드로 마법을 쓰고 싶은 마음 따윈 조금도 없었다.

영지전은 결국 영지를 빼앗기 위한 전쟁! 영지의 값어치는 적어도 2만 골드 이상이다.

"마침 영지 하나 더 필요했는데 잘됐네."

결말을 화려했던 기승전에 맞춰 깔끔하고 멋지게 끝내겠다는 10분 전의 다짐은 현실과 타협하는 주인공의 냉철한 판단과 함께 시시하게 끝났다.

3

노다지는 오늘도 열심히 본분에 맞게 게임을 플레이하고 있었다.

"게임 할 맛 난다."

한시민과 계약한 이후 하루도 빠짐없이 매일 플레이 시간 12시간을 준수하며 온 대륙을 돌아다니고 있음에도 그의 입가엔 미소가 끊이지 않았다.

그럴 수밖에 없다.

월급도 따박따박 들어오고 성과금도 언제든 모아놓은 아이템들을 풀기만 하면 받을 수 있다.

일하면 돈이 들어오는 세상! 얼마나 행복한가.

덕분에 집에서도 가장으로서의 위엄을 한창 누리는 중이다. 온종일 캡슐에만 있다가 나옴에도 장어를 준비해 놓는 마누라와 치킨 사주면 좋아하는 아이들.

"몇 달만 노력하면 이제 전세로 갈 수 있겠다."

그러기 위해선 더 많은 성과금을 내야 한다. 해서 노다지는 더 열심히 일했다.

전직하고 얻은 스킬들은 그걸 가능하게 만들어주었다. 레벨이 높아지고 스킬도 생기며 더 다양한 종류의 아이템들을 캐는 맛도 쏠쏠했다.

그러던 그가 신기한 무덤을 발견했다.

"응?"

무덤인데 무덤치곤 크다. 주변은 온통 나무로 가려져 있고 여기 어떻게 들어온 것인지조차 기억나지 않을 정도로 복잡하다.

무아지경으로 오로지 전세를 향해 오다 마주한 무덤. 마치 피라미드 같다. 물론 그 정도 크기는 아니지만 노다지가 지금껏 마주해 온 무덤 중엔 가장 컸다.

"……."

자연스럽게 두려움부터 생겼다. 고인돌도 아니고 흙이 아닌 건축물로 이루어진 무덤이라니.

당연히 입구 따위도 없다.

죽은 자를 만나러 갈 것도 아니고 무덤에 입구가 있는 게 이상하지.

그런 무덤을 파야 한다.

대충 흙으로 둥그렇게 만들어 놓은 무덤이야 파도 해골바가지와 아이템 몇 개 들어 있을 것이란 확신이 있어 이제는 상관없었지만 이런 처음 보는 건 조금 꺼려진다.

게임이라 더더욱 그렇다. 왠지 들어가면 안 될 것 같다.

입구를 찾는 거야 어렵지 않겠지만 안에 몬스터라도 있으면 어떻게 하지?

만약의 상황에 대비해 무기도 챙겼고 스텟도 많이 올려두었지만 그래도 싸움은 꺼려진다.

죽기라도 하면?

3일 쉬면 마누라가 얼마나 눈치를 줄까.

고민했지만 그래도 입구를 찾기 시작했다. 노다지의 도전엔 한시민의 공이 컸다.

'분명 사장님은 이런 곳에서 얻어온 아이템에 더 많은 돈을 주실 거야.'

한동안 모습을 보이지 않아 한시민의 머릿속에서 잠시 잊힌 노다지가 무덤의 입구를 찾기 시작했다.

4

패자는 말이 없다.

현실뿐 아니라 판타스틱 월드에서도 엄격히 적용되는 말이다.

아니, 오히려 판타스틱 월드에서 가장 강력하게 지켜지고 있는 진리.

현실에서야 져도 입은 살아 있어 나불댈 수 있지만 판타스틱 월드에선 패자의 목숨이 붙어 있는 경우는 별로 없기에 가능한 일.

만약 운이 좋아 상대가 살려준다 해도 말하지 않는 이유이기도 하다. 언제 죽여도 이상할 게 없으니까.

살려주는 것에 만족하자.

그렇기에 후작은 말을 아꼈다. 어쨌든 살면 된다. 다 뺏겨도 후작 작위만 있으면 그래도 이전만큼은 아니어도 어느 정도 다시 일어날 수 있다. 그런 희망으로 묵묵히 말을 아꼈다.

"영지 내놔."

"돈 내놔."

"보석 숨겨둔 거 많지?"

"가족 명의로 된 것도 다 내놔."

한시민이 그의 영지에 도착하자마자 모든 걸 빼앗기 시작했을 때도.

이미 예상은 했다. 어차피 그가 죽었으면 다 빼앗길 것들이다.

묵묵히 고개를 끄덕이며 갖다 바쳤다. 그는 후작을 달 만큼 영리하고 연륜이 있는 자다. 말이 빠르고 편하게 진행되었다.

'일단 살자.'

목숨 단 하나. 그것만 지키면 된다는 가정에서였다. 한데 그게 아니었다.

"후작 작위도 내놔."

"……?"

"그것도 팔면 돈 좀 되겠는데. 그것도 내놔."

"……그건 안 된다!"

후작 작위는 목숨에 달린 부수적인 것이라 생각했었다.

자연스럽게 반발이 튀어나왔다. 모든 걸 잃어도 후작 작위는 지킬 수 있으리라 판단하고 항복했다.

"죽고 싶어?"

"……."

그런 그에게 한시민이 현실을 직시시켜 주었다. 그는 자비롭지 못했다. 특히 돈 앞에서는 더더욱.

공짜 돈을 얻기 위해 이토록 냉정하게 나올 수 있는 인성인데 이미 2만 골드를 썼다.

"1골드짜리 돈 되는 것도 다 가져다가 팔 테니 살고 싶으면 조용히 해. 확 장기도 팔아버리는 수가 있어?"

"……."

후작의 반항은 조용히 막을 내렸다.

가족들과 함께 쫓겨나는 후작을 보며 한시민이 만족스럽게 웃었다. 여전히 손해는 빼저리지만 그래도 영 손해만 있던 전쟁은 아니었다.

"여기는 리치 카지노로 만들어야겠다."

두 개의 영지! 완성되기 위해 발돋움을 시작한 테마파크의 그림!

한시민의 눈동자가 글썽였다.

"나에게도 이제 꽃길만 걸을 일들뿐이겠구나."

그러겠노라 자신을 세뇌했다.

5

인적이 드문 깊은 산 속 동굴.

"때가 왔노라!"

"오오오!"

"강림하실 날이 머지않았다."

검은 로브를 뒤집어쓴 자들이 음침한 모임을 갖고 있었다.

"세상에 나선다. 그리고 강림을 앞당긴다."

"오오오!"

"혼란에 빠뜨리고 게이트에 시선을 주지 못하게 하라."

"예!"

딱 봐도 악당들의 모의. 선한 사람들을 위험에 빠뜨리고 대륙을 위기로 몰아넣으려는 악의 수작!

"200년이 지났다. 선대 흑마법사들이 이루지 못한 염원을 이루자."

흑마법사들!

대륙에 감히 상판대기를 내밀지 못한 채 죽었는지 살았는지 사람들의 머릿속에 의문부호로조차 남아 있지 않도록 모습을 숨기고 살던 이들이 이제 활동을 시작하려 하고 있다.

"그간의 설움을 풀자!"

광기!

기쁨!

그리고 두려움!

기다리고 기다리던 때가 왔지만 여전히 두렵고 공포스럽다. 이번만 잘 넘기면 기다려 온 보람을 느낄 희망이 생기지만 반대로 그 희망을 열기 위해선 흑마법사들의 목숨을 걸어야 한다.

마기가 깃든 게이트.

그것들이 충분히 대륙에 뿌리를 박을 만큼의 시간을 벌기 위해선 그곳에 시선이 가지 않도록 다른 쪽으로 이끌어야 할 테니까.

그런 쪽엔 전문가긴 하다. 대규모 몬스터 습격, 전염병 창궐 등등 흑마법으로 인간들을 살상할 수 있는 방법은 차고 넘치기에.

하나 결국 전부 목숨이 걸린 일이다. 인간 목숨을 파리 목숨으로 알고 서클 하나를 올리기 위해 어린아이의 산 심장 수백 개도 아무렇지 않게 갖다 바치는 흑마법사들이 수백 년간 모습을 철저히 숨기며 숨도 내쉬지 않고 살아온 이유가 있는 법.

특히 현 황제 치세 아래에선 단 한 명의 흑마법사도 감히 인간 세상에 모습을 드러내지 않았다.

거창한 이유는 아니다. 그저 황제가 경멸하기 때문이다. 흑마법사를.

모습만 보여도, 그림자가 눈에만 띄어도, 그저 길 가던 평범한 사람이 흑마법사 비슷하게 생긴 그림자를 보았다고만 해도 제국에서 정예병들이 투입되어 일대를 샅샅이 뒤진다.

제아무리 꼭꼭 숨는다 해도 온 대륙이 발 벗고 나서 뒤지면 결국 털리게 되어 있다. 그렇게 잡히면 차라리 죽는 게 낫다 싶을 정도로 고문을 당하고 또 당한다.

흑마법사는 대륙을 어둠으로 물들이기 위한 마법을 선택한 자들이지 마족이 아니다. 당연히 그런 끔찍한 꼴을 당하기는 원치 않는다.

그뿐이랴. 잡혀간 흑마법사는 다른 흑마법사들을 낚는 도구가 되기도 한다.

"황제 그 악독한 놈과 마주할 날이 왔다. 두렵다는 거 잘 안다. 하지만 언젠가 꼭 해야 할 일이다. 우리의 후대를 위해, 그리고 흑마법사의 미래를 위해!"

"……."

흑마법사가 인정한 악마 황제!

어쨌든 대륙 전역에 살아서 숨어 있던 흑마법사들에게 지령이 내려졌다. 동시에 검은 그림자들이 대륙민의 삶에 스며들었다.

대륙의 작고 평범한 영지.

눈에 잘 띄지도 않을 만큼 작고 영지민의 수도 적으며 제대로 된 방어 시설조차 없는 그런 영지였다.

"오늘도 밭매러 가세요?"

"아이고, 영주님. 쇤네한테 존대라뇨. 그러지 마세요."

"하하, 다 같이 먹고사는 건데요."

여기가 판타스틱 월드인지 헷갈릴 정도로 순박한 사람들만 모인 그런 시골 같은 느낌의 푸근한 곳.

비록 이름뿐인 영주지만 나름 준귀족 작위를 가진 자와 평민들이 더불어 사는 세상!

가난하고 소박하지만 더할 나위 없는 행복을 누리며 사는 이들이었다.

방어 시설은 없지만 전쟁의 위험이 없고 몬스터들의 침공도 없으니 가능한 이야기.

그걸 알기에 영주민들도 불만 없이 현실에 안주할 수 있다.

욕심을 부리지도 않으니 화가 올 일도 없고. 다른 영주들이 탐내기에도 털어갈 게 없어 완벽한 균형이 유지되는 그곳에 작은 변화가 일어났다.

"안녕하세요? 길 가던 방랑자인데 잠시 휴식을 좀 취할 수 있을까요?"

"아이고, 그럼요. 따라오세요. 누추하지만 빈방을 내어드릴게요."

검은색 로브를 입은 순박한 청년.

사실 그리 이상한 변화는 아니었다. 아주 가끔이지만 길을 잘못 들거나 근처 산을 돌아다니는 모험가들이 없는 건 아니었으니까. 그러다 잘 곳이 없어 마을에 오면 주민들은 항상 따뜻하게 도움을 주었다.

이번에도 마찬가지.

꾀죄죄한 모습에 선한 미소. 애초에 행복하게 사는 영주민들에게 의심이란 게 뿌리 깊이 있을 리 없지만 찾아온 손님 또한 쉽게 의심을 부르는 얼굴이 아니었다. 해서 방을 내주었고 청년은 쉽게 마을에 스며들어 적응했다.

"사실 제가 떠돌이라, 어디서 무얼 할지 모르겠어서. 잠시 마을에 머물며 생각을 좀 해도 될까요?"

항상 입가를 떠나지 않는 미소, 착한 말투.

대부분 연령대가 지긋한 영주민들을 공경하며 온갖 잡일을 먼저 나서서 해내는 청년을 밀쳐 낼 영주민이 있을 리 없었다. 알아서 잡일을 하며 먹여주고 재워만 달라는데 누가 거절하겠는가.

그렇게 청년은 마을의 일원이 되었다.

몇 주 뒤.

청년에게 고마움을 느낀 마을의 사람들이 축제를 열었다. 없는 살림에 돼지도 잡고 맥주도 가져와 온 영지민이 모여 즐기는 자리.

새로운 가족이 된 청년을 환영하며 모두 일 따윈 잠시 잊고 거나하게 마셨다. 남녀노소 할 것 없이 즐기고 웃었다.

그리고 그건 마을에서 들려온 마지막 웃음소리였다.

6

황제는 아침부터 기분이 상당히 좋지 않았다.

"부군께서 영지를 하나 더 얻으셨습니다."

"……."

"후작이 가지고 있던 전 재산과 후작 작위마저 빼앗았다고 합니다."

"……."

"현재 후작 작위는 해당 왕국에서 경매에 붙여졌다고 하고 아마 가격은……."

"그만. 되었다."

분명 영지전이 시작될 때까지만 해도 기분이 좋았었다. 감히 제국의 귀족을 상대로 다른 왕국의 후작 나부랭이가 영지전을 걸었다는 사실은 황제로 하여금 불쾌함을 느끼게 하기 충분한 사안이지만 그 대상이 모험가 나부랭이에 딸을 훔쳐 간 도둑놈이라면 말은 달라지니까.

모험가 주제에 세상 물정 모르고 황제의 뒤통수 치기에 등골 빼먹기까지 턱이 하늘까지 치켜세워진 놈의 버릇을 제대로 고쳐 줄 시기라 판단되었다.

해서 일거수일투족을 보고하라 일렀다. 듣고 즐기기 위해. 마음 같아선 직접 찾아가 그 높은 성벽과 성문이 부서지고 영지가 철저히 짓밟혀 울상을 짓고 분해하는 한시민의 표정을 보고 싶었지만 아쉽게도 그건 안 되어 달래던 참.

그래도 믿어 의심치 않았었다. 무려 후작군이다. 제국과 왕국의 후작은 차이가 있다지만 그래도 후작이다. 설마 자작의 영지 하나, 그것도 맨날 밖에 싸돌아다니는 모험가가 영지 전력의 전부인 빈 영지 하나 점령하지 못할 줄 누가 알았겠나.

아니, 점령은커녕 성벽에 붙지도 못했다는 소식이 황제를 더 열 받게 만들었다.

"이래서 대륙에 찾아온 위험을 막을 수나 있을는지."

수백 년 전 대륙의 위기 때보다 훨씬 준비가 잘되어 있다는 자부심은 한시민에게 당한 후작의 소식에 한순간 사라져 버렸다.

배가 아프다.

그놈이 또 돈을 버는구나.

돈이야 그래 봤자 황제가 비교할 수 없을 정도로 많지만 그놈이 만족해하는 표정을 생각하니 열불이 난다.

"후우."

어디 화를 풀 데도 없고.

"새로 얻은 영지민들은 현재 다른 영지로 이주 혹은 재개발하는 영지에 귀속되어 일을 한다고 합니다. 리치 영지로의 이주도 많이 선택하고 있으며 그곳에선 카지노라는 곳을 건설할 계획이라고 합니다."

"카지노?"

"예, 폐하. 아무래도 모험가들이 사는 세상의 도박장 같은 곳인 것 같습니다."

"……가지가지 하는군."

한시민이 나타난 이래 머리 아픈 일들만 가득한 것 같다. 아니, 한시민만 얽히면 머리가 아프다.

도박장이라니. 영지 하나를?

리치 영지도 하나의 테마파크를 만들어 온 대륙에 소문이 자자하게 만든 것쯤은 알고 있다만 도박장은 말이 다르다.

"이번엔 그냥 지나칠 수 없겠군."

보나 마나 리치 영지를 핑계로 제국의 이름을 알리고 세금을 어쩌구 핑계를 댈 것이다. 하나 황제는 그렇게 띄엄띄엄한 인간이 아니다.

"세금도 내지 않는 주제에 도박장이라니. 절대 용납할 수 없지."

비릿한 미소가 절로 지어졌다.

사실 도박장을 마을 단위로 짓든 영지 단위로 짓든 성 단위로 짓든 황제에겐 별 상관이 없다. 마음만 내키면 그깟 세금 따위 하나 눈감아주는 거야.

하지만 한시민이다.

단 1실버도 내지 않는 놈이 가장 세금을 많이 매길 수 있는 대형 도박장을 만드는 것에 눈감을 순 없지.

"그놈을 불러와라."

"예, 폐하."

교지를 보내러 떠나는 신하를 보며 기지개를 켰다.

오랜만에 똥 씹은 그놈의 표정을 볼 수 있겠구나.

그래도 혹시 당할 수도 있으니 수많은 상황에 대한 시뮬레이션을 머릿속으로 펼쳐 본다. 당황하지 않는 게 가장 중요하다.

그렇게 복잡한 머리로 식사하는 황제에게 두 번째 스트레스가 도착했다.

“아바마마, 들으셨어요? 제 낭군님께서 불리하던 영지전을 뒤집으셨다고 해요!”

“…….”

“길들인 드래곤의 멋진 마법으로 한 방에 콧대 높은 후작의 항복을 받아내셨다고 하는데. 아아, 그걸 보지 못해 너무 아쉬워요.”

“…….”

“아바마마도 그런 멋진 사위를 둬서 행복하시죠?”

“……그, 그렇구나.”

이건 어떻게 치울 수도 없다. 눈에 넣어도 아프지 않을 귀한 공주니까.

게다가 듣기도 싫은 한시민 이야기를 꺼낼 때만은 철혈의 황제인 아비에게 평소 잘 보이지도 않는 애교를 부리며 비글처럼 달라붙으니 스트레스와는 별개로 미소가 떠나지 않을 수밖에.

“아아, 어서 보고 싶어요. 이번에 서방님이 새로 얻은 영지에 투자할 금액을 충분히 확보했다고 말씀드리면 좋아하실 텐데.”

"……응?"

"리치 영지에 이어 대륙에 새로운 테마파크를 지으신다고 들었어요. 아내 된 도리로 바깥일 하시는 서방님을 내조하는 게 당연하지 않겠어요? 아바마마도 도와주실 거죠?"

"……."

물론 결국엔 지끈거리는 머리가 더 아파지는 걸로 끝나곤 한다.

날이 갈수록, 성년에 가까워질수록 물이 오르는 미모와 과거 저주의 잔해를 잊으며 피어나는 미소는 황제를 기쁘게 하지만 그럴수록 깊어지는 한시민에 대한 콩깍지는 한숨도 비례해 늘게 만든다.

"하아."

공주가 떠난 자리에서 어떻게 해야 할지를 고민한다. 이미 마음먹은 걸 포기하자니 자존심이 상하고 그냥 하자니 공주가 실망할 테고.

고민하는 황제에게 한 신하가 다급한 표정으로 뛰어왔다.

"폐하, 큰일 났습니다."

감히 황제에게 보여선 안 될 다급함과 생략된 예절. 하나 황제는 개의치 않았다.

지금이야 평화로운 생활을 하고 있지만 그는 전장에서 수십 년을 살아온 폭군! 그런 곳에선 급한 소식이 예절보다 우선시되지 않는다.

"무슨 일이냐."

평범한 딸을 가진 아버지에서 순식간에 대륙을 지배하는 황제로 변해 묻는다. 신하는 숙인 고개와 함께 숨을 들이켜며 가져온 소식을 전달한다.

"흑마법사가 모습을 드러낸 듯합니다."

"뭐라?"

황제의 표정이 더할 나위 없이 찡그려졌다. 아니, 분명 찡그리고 있는데 왠지 웃고 있는 듯한 느낌이 드는 건 착각일까?

동시에 자리에서 일어났다. 그리고 직접 걸음을 뗐다.

쌓인 스트레스를, 그리고 복잡한 머리를 정리시킬 대상이 나타났다.

7

유저들도 흑마법사들의 손아귀에서 피해갈 수는 없었다.

—와, 미친. 성에서 돌아다니다 버프 물약 무료 시연한다기에 냉큼 마시고 사냥 나갔다가 뒈짐ㅋㅋㅋㅋㅋㅋㅋㅋㅋㅋㅋㅋㅋㅋㅋㅋㅋㅋㅋㅋㅋ

—사냥터에서 웬 사이비 같은 새끼들이 단체로 몰려와서 뭘 자꾸

믿으라기에 꺼지라고 했다가 시X 이상한 저주 걸려서 죽었다.

–난 그냥 작은 마을에서 쉬다가 영문도 모르고 죽음.

유저고 NPC고 가리지 않는다.

흑마법사에게 있어 피아는 흑마법사냐 아니냐!

목숨을 걸고 황제와 맞서겠다는 의지를 가지고 나타난 만큼 그들의 행보엔 거침이 없었다. 무엇보다 무서운 건 소설 속에나 나오는 멍청한 흑마법사들이 아니라는 것이다.

–그런데 흑마법사면 검은색 로브 뒤집어쓰고 칙칙하게 나 흑마법사라고 홍보하고 다녀야 하는 거 아니냐.

–내가 본 흑마법사는, 그게 흑마법사가 맞았는지 모르겠지만 어쨌든 평범하던데?

–나도. 사이비같이 물어보지만 않았어도 그냥 길 가다가 볼 법한 평범한 얼굴?

철저히 위장하고 스며든다.

흑마법사들이 대규모 학살을 쉽게 자행할 수 있는 가장 큰 이유다.

생존을 위한 200년.

누구의 눈에도 띄지 않고 철혈의 황제에게서도 살아남은

이들에게 남들의 눈에 띄지 않는 기술만큼은 확실하다 자부할 수 있겠지.

유저들도 못 알아챌 정도인데 함께 대륙을 살아가며 지난 시간 동안 그들을 잡지 못해온 NPC들은 어쩌겠는가.

황실을 시작으로 온 대륙이 흑마법사들의 소행이 확실한 일들에 촉각을 곤두세우고 영지부터 사냥터까지 샅샅이 뒤지고 다녔지만 쉽게 잡히는 흑마법사는 없었다. 그러다 보니 자연스럽게 작은 의심이 피어났다.

–흑마법사가 한 거 맞음?

–그냥 우연히 터진 건 아니겠지?

–그러기엔 타이밍이 너무 공교롭긴 한데.

현재 마계를 이어주는 마기가 깃든 게이트들이 나타나고 있는 시점임을 아는 유저들조차 고개를 갸웃거릴 정도다.

스토리상 흑마법사들이 나타나는 게 맞긴 하다. 그런데 잡히는 흑마법사가 없으니 의문이 들 수밖에. 혹시 없는 적과 새도복싱을 하는 건 아닐까.

물론 유저들에게 그런 것들은 전혀 상관이 없었다. 하든 말든. 해도 부끄러운 게 아니고 말아도 그만이다. 유저들에게 중요한 것은 오로지 성장과 보상!

['흑마법사 색출'을 수락했습니다.]

약이 오른 NPC들은 모험가들에게 임무를 내려주었고 유저들은 보상을 위해 흑마법사로 보이는 놈들을 찾기 위한 토론을 시작했다.

커뮤니티를 통해, 게임 내부 대화를 통해.

쉽진 않았지만 유저들은 거기서 재미를 느꼈다.

흑마법사의 등장은 곧 대륙의 위기를 의미하지만 그까짓게 현실의 자신에게 피해를 주는 것도 아니고 멀쩡하던 현실의 집이 파괴되는 일도 아니다.

그저 게임일 뿐이다. 그리고 게임에선 보다 긴장감 넘치고 스펙타클한 일들이 터지면 터질수록 흥미를 불어넣어 준다.

그뿐이랴.

–잘하면 레벨 업도 할 수 있겠는데?

–얼핏 들은 바로는 흑마법사들 레벨이 좀 된다고 함.

–마법밖에 모르는 바보들이니 잡으면 개꿀.

–퀘스트도 흑마법사 잡을 때마다 경험치하고 돈 주던데.

지루하고 지치던 반복적인 사냥에서 벗어나 레벨을 올릴 절호의 기회다.

이런 사실들이 알려지며 유저들 역시 대륙의 위기에 한 손을 거들었다.

마기가 깃든 게이트에 흑마법사들의 등장까지!

잔잔하게 흘러가던 판타스틱 월드의 본격적인 스토리가 시작되며 다시 한번 현실에서 화제가 되었다.

"깔수록 매력 있는 게임, 아니, 현실. 판타스틱 월드. 현 게임들의 문제점인 초반 컨텐츠 집중의 단점을 비웃기라도 하듯 탄탄한 스토리로 끝없는 상승세를 보임. 후반의 스토리가 기대되는 역대 최고의 게임. 대륙의 결말은 어찌 될 것인가 예측할 수 없는 맛."

"그리고 돈이 제일 잘 벌리는 게임."

"오빠야 잘 벌리지. 나도 돈 좀 벌어보고 싶다."

대륙에 휘몰아치는 폭풍 속에서 유일하게 고요한 한시민. 그리고 그 곁에서 투덜대는 강예슬.

당장에라도 흑마법사를 때려잡자 나서도 이상할 게 없는 상황임에도 한시민은 반응하지 않았다. 대신 스페셜리스트의 사냥을 도우며 새로 얻은 영지에 만들 카지노를 구상 중일 뿐이었다.

"오빠, 우리는 흑마법사 안 잡아?"

"보이면 잡지. 그런데 평생을 숨어 살던 놈들을 당장 무슨 수로 잡아?"

"오빠라면 잡을 수 있을 것 같은데. 걔들 한 명 잡아서 본거지만 알아내면 개꿀 아니야? 완전 대륙의 영웅 될 수도 있을 텐데."

"그렇게 쉬운 거였으면 벌써 황제가 잡았겠지."

이유는 하나.

"역시 쓰레기는 쓰레기를 잘 안다더니."

"아니, 형님. 거기서 제가 왜 쓰레기가 됩니까."

"너라고는 말 안 했다."

흑잘알!

정현수의 말대로 악당들의 마음을 누구보다 잘 알기 때문이다.

아니, 굳이 악당이라 지칭할 필요도 없다. 그냥 간사한 쪽의 마음가짐이라면 한시민의 전문 분야다.

"죽어도 다시 살아나는 유저들도 목숨이 걸린 일엔 게임이라는 것도 잊고 부모님 안부 묻는 걸 거리지 않고 팔다리 잘려도 죽어라 매달리는 마당에 목숨이 하나뿐인 놈들이 그렇게 호락호락하게 일을 벌일 리가 없지."

남자로 태어났으면 대륙 한번 먹어봐야지!

이방인인 한시민도 레벨 1때 이런 생각을 하는 마당에 흑마법사들은 어떨까.

벌써 수백 년 동안, 선대서부터 이어져 온 숙명이다. 숨죽이고 살아오다 갑자기 난동을 부린다고 목숨을 내던지지는 않을 것이다.

할 수밖에 없는 상황이니 한다고 쳐도 어떻게든 목숨을 부지해 대륙이 암흑에 물드는 꼴을 보고 싶겠지. 희생이고 뭐고 무덤에 누우면 보이는 건 깜깜한 흙들뿐일 테니까.

해서 개입하지 않는 것이다.

"어차피 가만히 있으면 다들 알아서 잡을 방법을 마련할 거예요. 그때까지 레벨 업이나 열심히 하면 돼요."

국방부 시계는 거꾸로 돌려놔도 흐른다. 재수 없는 말이지만 결국 시간은 무슨 수를 써도 흐른다는 뜻이다.

이미 일은 벌어졌고 메인 퀘스트 3막은 진행되고 있으며 유저들의 수준이 따라오지 못한다 해도 냉정한 베타고는 배려하지 않고 스토리를 진행시킬 것이다. 하나의 세상이니까. 제아무리 신이라 해도 시간을 멈추고 모든 사람의 사고를 정지시킬 순 없다. 그렇기에 따라가야 한다. 지나가는 시간을 아쉬워하지 말고.

"그런데 오빠, 리치 영지에도 흑마법사가 오면 어쩌려고?"

"……."

그렇게 명언을 되새기며 자신의 냉철함에 감탄하던 한시민에게 강예슬이 짓궂은 표정으로 물어왔다. 순간 한시민의 표정이 굳었다. 동시에 머릿속에 상상의 나래가 펼쳐졌다.

길고 긴 시간 동안 한국의 건축 기술을 접목시켜 빠르게 완성된 테마파크!

본격적인 수입이 들어오기 시작하고 입소문을 탄 이때 등장하는 흑마법사들. 퍼지는 역병, 부식되는 건물들, 그리고 사그라지는 테마파크. 남는 건 핵폭탄이 터져도 자기 몸 하나만큼은 건재할 것 같은 15강 성벽뿐이다.

"……."

상상했더니 기분이 더러워졌다. 쿨하고 냉철하던 한시민은 이미 꿈속에서나 존재했다는 듯 보이지 않았다.

"그럼 죽여야지."

"못 잡는다며?"

"아니, 잡을 거야. 내 돈줄을 건드는 놈은 지구 끝까지 쫓아가서라도 죽일 거야."

오랜만에 한시민의 눈에서 불똥이 튀었다. 그렇다고 성으로 돌아가진 않았다. 복수를 다짐하면서도 그는 믿었다. 보좌관을. 그가 없어도 훌륭히 성을 지켜낸 장본인을.

흑마법사의 실체는 1주일이 지나도록 잡히는 것이 없었다. 그만큼 잘 숨어다니고 기척을 감추는 재주가 엄청나다는 뜻.

그런데도 황제가 확신하고 대륙이 인정하는 흑마법사들의 소행이라는 점은 여기저기에서 드러났다.

방화, 살인, 저주, 역병, 대규모 몬스터 습격.

마지막 것은 아주 드물게 한 번씩 변방에서 나타나는 일이지만 사람들에겐 충분한 위협이 된다.

무엇보다 잡히지 않는다는 게 가장 큰 공포의 원인이다. 대륙 전역에서 눈에 띌 만큼의 사건 사고들이 일어남에도 범인이 잡히지 않는다. 황제가 눈을 시퍼렇게 뜨고 잡으라고 명하는 상황에서도.

온갖 흑마법사의 용태에 대한 제보가 들어와도 마찬가지다. 너무 평범하다. 또 겉모습을 바꾸는 일 따위는 흑마법사가 아니더라도 가능하다. 또렷한 특징을 잡아야 한다. 이를테면 흑마력이라든가.

하나 그를 위해선 특별한 상황을 만들어야 하는데 대개 평범한 사람들 사이에 숨어 있는 흑마법사들이 미치지 않는 이상 흑마력을 꺼내 들 리가 없다.

당연히 그러다 보니 피해는 민간인들의 대량 살상 쪽으로 많이 벌어졌다.

하나 유저들 쪽은 조금 달랐다.

—아, X발. 사냥하다 또 흑마법사 만남.

—미친, 마법사 새끼들이 왜 이렇게 세냐.

—비리비리해서 한 대 치면 죽을 거 같기에 다굴 쳤는데 우리 쪽이 뒈졌다. ㅋㅋㅋㅋㅋㅋㅋㅋㅋ

만만한 모험가들에겐 언제든 모습을 드러내 선제공격을 한다.

어찌 됐든 흑마법사고 마기가 깃든 게이트고 컨텐츠를 즐기려면 레벨 업을 해야 하는 유저들의 입장에선 눈 뜨고 코 베일 수밖에 없는 상황.

그렇다고 NPC들을 데리고 다닐 수도 없다. NPC들이 그래 줄 리도 없을뿐더러 흑마법사들도 눈이 있다면 강해 보이는 NPC를 대동한 이들은 습격하지 않을 테니까.

덕분에 본의 아니게 유저들은 흑마법사를 가장 가까이서 많이 영접한 이들이 되었다. 본인들은 원치 않았겠지만.

그러다 보니 커뮤니티는 새로운 국면을 맞이했다. 어느 유저가 올린 하나의 동영상 때문이었다.

동영상 속 풍경은 평범했다.

그냥 길을 가다 보면 어디서든 볼 수 있는 평범한 사냥터. 몬스터들이 뛰어다니고 자연이 함께하는 그런 곳.

사냥하는 유저는 혼자였다. 저레벨 주제에 제법 아이템도 갖추고 있었고 혼자 다닐 만큼 포션도 챙기고 있었고.

후발 주자이지만 장비와 돈만 있으면 언제든 중상위까진 치고 나갈 수 있다는 정보를 미리 아는 유저인 듯 빠르게 몬스터를 사냥해 나갔다.

여기까지는 그냥 그런, 어디서나 볼 수는 없지만 어렵지 않게 찾을 수 있는 영상이었다. 하지만 그다음부터가 화제가 되었다.

슬그머니 다가오는 어둠의 그림자.

"헉!"

유저가 알아봤을 땐 이미 검은 로브를 뒤집어쓴 그림자는 근접한 상황이었다.

그게 누군지 동영상을 본 유저들은 궁금해하지 않았다.

흑마법사!

요즘 웬만한 유저들은 한 번씩 만나본 경험이 생긴 친근한 대상이니까.

그 대상은 곧장 두 손을 들었다. 만만한 유저들을 상대로 말도 걸지 않고 보이는 패턴. 흑마법을 통해 죽인다.

하나 유저는 다른 유저들과 조금 달랐다. 두 손을 들고 스펠을 영창하기 전, 곧장 무기를 버리고 바닥에 부복했다.

"저를 제자로 받아주십시오! 스승님!"

"……?"

흑마법사를 멈칫하게 하는 돌발 행동!

"어려서부터 흑마법사가 되어 대륙에 혼란을 주는 사람이 되고 싶었습니다!"

"……."

"잘 죽일 수 있습니다! 잔머리도 좋고 돈도 많습니다. 제발 내 평생 악당 한번 되게 해주십쇼."

그리고 보는 이들로 하여금 어이없는 실소를 짓게 만드는 말들.

결과는 더 어이없었다. 동영상은 거기서 끝이 났지만 유저가 인증한 캐릭터 정보엔 그의 직업이 흑마법사로 바뀌어 있었다.

정확히는 흑마법사 견습생이었지만.

-뭐 게임 하는데 굳이 착한 편만 되라는 법 있나요? 전 옛날부터 악당이 좋았는데 이번에 할 수 있게 돼서 기분이 좋네요. 딱히

숨길 필요도 없다고 생각했고 함께하는 악당들이 많아질수록 재미있는 판월이 될 것 같아 올립니다.

어쨌든 영상과 함께 판월엔 또 다른 불길이 번져 갔다.

흥미를 보이는 자들이 제 발로 사냥터에 기어들어 가기 시작했다.

9

대륙에 흑마법사 열풍이 불었다.

쉽게 될 수 있는 건 아니지만 색다른 플레이를 펼칠 수 있다는 가능성이 제시된 것만으로도 유저들은 목숨 내던지길 아끼지 않았다.

흑마법사! 대륙을 위험에 빠뜨릴 주인공!

얼마나 메리트 있는 직업인가.

현실에서는 결코 불가능한, 지나가던 사람의 손만 잡아도 성추행범으로 경찰서에 들어가는 세상에서는 정말 상상도 하기 힘든 일들을 판타스틱 월드에서 마음껏 할 수 있다. 합법적으로. 그게 직업이니까.

짜릿함도 있다.

남들의 눈에 띄어선 안 된다. 절대 의심받을 행동을 해선 안 되고 또 의심받지 않고 유저나 NPC를 죽여야 한다.

그렇게 노력해서 얻어내는 건 결국 경험치고, 레벨이고, 스킬이고, 마법이다.

그냥 사냥터에 나가서 몬스터나 주야장천 때려잡는 것보다 훨씬 흥미로울 것이라는 건 흑마법엔 전혀 관심도 없는 자들도 공감하는 이야기.

게임을 하지 않던 사람들도 캡슐을 사는 현상까지 벌어졌다.

–난 ㄹㅇ 흑마법사 취향인데 이제야 나오네. 캡슐 결제합니다.

–흑마법사 전직해서 같이 다니실 분 구합니다.

–전직하게 흑마법사 제보받습니다. 사례 OK.

정말 쓸데없는 낭만이고 환상이다. 하나 어쩔 수 없다. 현실은 너무나도 정의에 관대하다. 선한 주인공에게 모든 게 주어지고 악당은 무엇을 가지고 있든 결국 주인공에게 빼앗기고 생을 마감하거나 역사의 뒤편으로 사라진다.

권선징악.

나쁜 단어는 아니지만 상상 속에서마저 그런 걸 원치 않는 사람들도 분명 존재하니까.

덕분에 판타스틱 월드의 신규 유저 수가 확연히 뛰었다. 어중간하게 캐릭터를 키우던 유저들도 본래 직업을 버리고 흑마법사를 하겠다고 날뛰기도 했고.

물론 결코 쉬운 일은 아니었다. 흑마법사라고 아무나 다 데리고 흑마법사를 시켜주는 건 아니니까.

“절 제자로 받아주십시오!”

“쓰레기는 자격이 없다.”

이런 일들은 부지기수다. 애당초 말조차 붙이지 못하고 죽는 유저도 대다수.

그래서 더 인기가 있는 것일지도 모른다.

ㅡ와, 흑마법사 미쳤음. 전직하자마자 저주에 역병에 좋은 건 아니지만 마법사 되려고 마탑 들어가서 걸레질하던 거 생각하면 이건 뭐 혜자 수준을 뛰어넘네. 빌어먹을 마탑 놈들. 가서 복수한다.

ㅡㄷㄷ 서클 올리는 기준이 사람을 얼마나 죽였느냐네. 진심 컨셉 오진다.

높은 난이도와 그에 맞는 보상!

유저들이 원하는 워너비다. 흑마법사에 별생각 없던 유저들마저도 한 번씩 눈길을 준다.

유행.

판타스틱 월드에 등장한 새로운 직업은 현 대세에 맞는 유행이 되었다.

유행에 맞춰 황제의 머리는 깨질 것만 같았다.

"폐하, 모험가 중 흑마법에 입문하는 자의 수가 기하급수적으로 늘고 있습니다."

"흐음."

기본적으론 선별해 받지만 시선을 끌기 위한 어중이떠중이들도 가끔 받는다. 그것은 돌아다니는 흑마법사만의 재량. 당연히 흑마법사가 된 유저들은 자기 목숨 죽는 것 따위 두려워하지 않고 핑크빛 미래를 꿈꾸며 돌아다니고 그런 유저들은 눈에 불을 켜고 흑마법의 흑 자라도 관련된 자들을 모조리 잡고 있는 NPC들에게 추포당할 수밖에 없다.

하나 그건 좋은 소식이 아니다.

"오히려 흑마법사를 잡는 데 방해가 되고 있습니다."

"영악한 놈들."

온전한 흑마법사들만 있어도 그들을 색출해 내기 힘든 상황이었다. 한데 눈을 혼란스럽게 할 방해물들까지 생겨났으니.

그렇다고 흑마법사가 된 모험가들을 그대로 방치할 수만도 없다.

"잡지 않자니 모험가로 변장하고 일을 벌이는 경우의 수도 배제할 수 없어 곤란한 상황입니다."

원래 가진 게 많은 자와 없는 자의 싸움에선 전자가 절대적으로 불리할 수밖에 없다. 뭐라도 하나 빼앗기는 순간 그것은 온전한 손해로 이어지기 때문.

물론 후자가 또 그렇게 유리한 것도 아니다. 황제는 그걸 너무나도 잘 안다.

"당황하지 말고 하던 대로 색출해 내라. 모험가든 흑마법사든 결국 다 흑마법사. 발견 즉시 척결해도 좋으며 포상금과 더불어 흑마법사에 대한 처벌을 강화한다. 특히 모험가들, 그들에겐 죽기보다 두려워하는 형벌을 내려주면 되겠지."

"예, 폐하."

가진 자는 잃어도 죽지 않는다. 비록 속이 쓰리긴 하겠지만 목숨이 아니라는 것과 비교한다면 애교 수준.

하나 없는 자는 잃을 게 없기에 잃어야 할 땐 목숨을 내놓아야 한다. 결국 평정만 유지한다면 심리적인 압박이 더 강하게 들어올 쪽은 후자라는 뜻.

골치가 아팠지만 황제는 대륙을 통일한 자다. 흔들리지 않고 위기를 넘기리라.

그렇게 애먼 신규 흑마법사 유저들을 향한 더 큰 철퇴가 사방에서 내려쳐지기 시작했다.

판타스틱 월드에서 PK는 불법이 아니다.

성내에서 벌어지는 PK는 말이 다르겠지만 모험가들끼리의 다툼이나 전투는 모두 합법. NPC들도 서로의 자존심을 걸고 목숨과 함께 결투하는 게 일상인 세상이니 당연하다.

하나 유저들은 마땅한 이유가 없으면 어지간해선 PK를 하지 않는다.

이전 게임들부터 이어져 온 하나의 문화라고 할까. 혹은 현실적인 게임에서 자신의 이미지를 관리하며 게임을 플레이하고 싶다는 욕구? 그도 아니면 전반적으로 서로 성장을 목적으로 달려 나가야 할 초반부엔 자제하자고 억지로 만들어진 분위기?

무엇이 되었든 PK는 꺼려지는 것이고 가끔 무차별 PK를 위해 게임을 하는 유저가 나와도 커뮤니티를 통해 알려지며 척살당하는 분위기였다.

PK는 마땅한 이유와 함께.

이 철칙이 흑마법사의 등장과 함께 깨졌다.

시작은 정말 미약했다. 별것도 아니었다. 흑마법사로 전직을 하고 평범하게 커뮤니티를 통해 비슷한 수준의 유저들과 파티를 맺고 사냥을 하던 때였다.

푹-

"……?"

큰 도움이 되지는 못하고 몬스터들에게 저주를 걸며 연명하던 흑마법사의 등 뒤로 꽂힌 검. 의문과 함께 돌아본 시선엔 같은 파티원들이 있었다.

"미안해요. 흑마법사 잡으면 돈이 꽤 쏠쏠해서. 경험치도 대박이고."

"아니, 그게 무슨……. 그건 이유 없는 PK잖아요."

"이유가 왜 없어요. 흑마법사잖아요."

단지 흑마법사라는 이유만으로 자행된 PK!

흑마법에 흑 자도 모르고 단지 재미있어 보일 것만 같아 어쩌다 흑마법사가 된 유저는 억울함에 호소했지만 아쉽게도 이미 작당한 파티원들은 그들이 얻을 보상에 시시덕대고 있을 뿐이었다.

그게 시작이었다.

그리고 올린 하나의 게시글. 동시에 적지만 달리는 공감의 댓글들. 함께 달리는 반대 의견들.

싸움은 언제나 그렇듯 사소한 언쟁으로 시작된다.

옳다, 그르다.

자신의 의견은 누구나 가질 수 있다. 다만 확고한 의견의 대립은 결국 싸움으로 번진다.

—그래서 뭐요. 흑마법사가 무슨 죄임? 게임으로 따지면 새로운 직업인데 너무하네. 기존 유저들끼리 진입 장벽 만드는 거 아닙니까?

—스토리상 흑마법사는 척결 대상인데 무슨 개소리야. 그럼 우리는 대륙을 정복할 흑마법사들 도와주고 나중에 쫄딱 망하라고? 누구 좋은 꼴 보자고.

—게임에 인생 거네 ㅉㅉ

—응, 보이면 척살^^

단 하루도 안 돼 전쟁은 시작됐다. 사실 전쟁이랄 것도 없다. 그냥 자연스러워진 것이다.

유저끼리는 웬만하면 무차별 PK를 통해 서로의 성장을 지연시키는 일을 만들지 말자.

그나마 남아 있던 예전의 룰, 아니, 여전히 남아 있다. 다만 적용 대상의 범위가 바뀌었을 뿐이다. 흑마법사 유저에겐 적용되지 않는다.

흑마법사들에게도 마찬가지. 자연스럽게 고레벨에 흑마법사로 전향한 이들을 중심으로 길드가 만들어지고 세력이 형성되었으며 심지어 작은 영지를 약탈하고 그곳을 본거지로 삼는 길드까지 나오기 시작했다.

10

유저들이 신나게 시선을 끌어준다. 덕분에 기존의 흑마법사들은 보다 편하게 활동을 할 수 있었다.

여전히 눈에 띄는 순간 척살이라는 사실은 변치 않지만 온 사방이 모래뿐인 사막에서 걸어 다니는 것과 그래도 선인장들이 우거진 곳 사이를 누비며 걷는 건 다른 사람의 눈에 띄는 부분뿐 아니라 자신의 마음을 편안하게 만드는 데에도 훨씬 도움이 되니까.

해서 그런 이점을 활용해 보다 큰 그림을 그리기 시작했다.

"요즘 리치 영지라는 곳이 대륙의 고위 귀족들이 자주 들락거린다 합니다."

"그곳을 친다."

소규모 마을 위주로 공략하던 방향을 바꾸었다. 가슴이 떨리고 두근두근하지만 언젠가는 해야 할 일이었다.

마기가 깃든 게이트가 늘고 있다지만 이런 식으로는 도움이 되다 마는 격. 마족의 강림을 보다 빨리 하기 위해선 인간들의 분노가 아닌 두려움과 공포를 이끌어 내야 한다. 그를 위해 필요한 건 대량 살상.

"단체로 움직이는 건 위험하니 몇 차례 나누어 시간을 두고 진입한 후 작전을 시작한다."

대범해진 흑마법사들이 셋씩 무리를 지어 리치 영지에 스며들었다. 그래 봐야 아홉이지만 활동하는 다른 무리를 보면 거의 군대급이라 봐도 무방할 정도의 숫자. 그만큼 리치 영지를 날림으로써 얻는 대륙의 혼란을 크다 판단했다.

당연히 판단한 만큼 신중했다. 가장 먼저 진입한 셋이 평범한 사람들인 양 흩어져 내부를 구경하기 시작했다. 물론 정말 구경하기 위함은 아니다. 적당히 구경하는 척만 하다 숙소로 들어가 합류할 방법을 마련할 생각.

하나 정처 없이 걸어 다니는 그들에게 은밀한 그림자들이 어느새 달라붙었다.

"아이고, 총각. 못 보던 얼굴인데?"

"예?"

뜨끔 하는 흑마법사들!

개의치 않고 말을 이어간다.

"여기 처음이야?"

"아, 예. 예."

"왠지. 그런 거 같더라고. 여기가 다른 성들과는 조금 다르지?"

"네, 그러네요."

"그럼, 그럼. 그게 매력인 영지니까. 그래서 나 같은 사람들도 있는 거고."

"……예?"

"응, 내가 자네 같은 총각들 오면 호구 잡…… 아니, 친절하게 안내해 주는 사람이거든."

"아니, 괜찮습니다."

"괜찮긴. 혼자 온 총각들은 나 같은 안내자를 얼마나 고마워하는데. 부끄러워할 필요 없어. 낮에는 모험가들의 세상을 구경시켜 주고 밤에는 더 놀라운 세상을 보여줄 테니까. 호호호."

"……."

"여기 아가씨들도 끝내줘. 어때?"

흑마법사가 대꾸할 시간도 없이 몰아치는 말발!

정신을 차렸을 땐 어느새 팔짱을 끼인 채 여기저기 끌려다니고 있었다.

아무리 거절해도 놔주지 않는 억척스러움!

"어때? 오늘의 숙소인데. 테마 호텔이라고 아주 칭찬이 자자해. 1박에 50골드야."

"……?"

"저녁은 모험가들 세상에서만 먹는 메뉴로 조금 비싸긴 한데 이만한 경험도 없지. 원하면 함께 데이트 온 것처럼 해주는 여자도 붙여줄 수 있다니까? 물론 나는 빠져 주고."

"……."

"아! 밥 먹고 리치 영지의 본격적인 매력을 탐구하고 싶으면 말만 해. 저렴한 가격에 최고의 곳으로 안내해 줄게. 총각 같은 나이대엔 조금 힘들 수도 있겠지만. 돈이 아깝지 않은 곳이니까."

"……."

"그리고 오늘 안내비는 잊으면 안 돼? 3골드야."

그건 다른 두 흑마법사도 마찬가지였다.

11

리치 영지가 가난할 때, 지금은 쉽게 상상이 가지 않는 시절이지만 정말 아무것도 없던 황무지였을 때.

늑대 한 마리만 나타나도 벌벌 떨며 마을 남자들이 창을 들고 밤을 새우며 경계하고 두 마리만 나타나도 혹여 다른 몬스터들까지 나타나진 않을까 그나마도 없는 살림을 버리고 도망쳐야 했던 그 시절.

한시민은 이곳으로 발령받아 오며 말했었다.

"부자가 될 수 있게 해주겠노라!"

근엄하고 카리스마 있었으며 신뢰가 가는 모습이었다.

물론 풍족하게 살게 된 이후 영지민들의 각색된 기억이지만 어쨌든 한시민은 삶의 질이 올라감으로써 그것에 맞게 잘

살려면 순박하던 영지민들이 어떻게 변해야 하는지에 대한 강의를 몇 번 했다.

전부 리치 영지의 발전을 위한 시간 투자!

'어차피 영지민이 호구면 돈을 백날 처부어 봐야 소용없어.'

기반만 다져 주고 거기서 스스로 발전할 줄 알아야 한다.

야무지고 당당하게!

제 밥그릇 나눠 주기 바쁜 순박한 이들이 가능할까 의문도 들었지만 한시민은 성선설 따위 믿지 않았다.

'나도 태어날 땐 착했어. 세상이 날 이렇게 만들었을 뿐.'

말 같지도 않은 논리로 영지민을 매도한다.

'다 먹고살려면 알아서 변하겠지.'

자리가 사람을 만든다! 늦게 배운 도둑질이 더 무섭다!

어쨌든 한시민은 자신의 부귀영화를 위해 영지민들에게 헬조선에서 일어나는 몇 가지 상황과 팁들을 전수했고, 시간이 지나 판타스틱 월드에서 훌륭한 관광지 중 하나가 된 리치 영지 테마파크에선 현실에서나 볼 법한 일들이 일어나고 있었다.

–판월 접속하면 꼭 가 봐야 할 3대 명소.

–현실에서도 찾기 힘든 테마파크. 리치 영지!

블로그나 인터넷 서핑, 심지어는 TV에까지 나오기 시작한 이래로 유저는 물론 NPC까지 많이 찾아오니 자연스럽게 따라오는 현상이랄까.

"이거 얼마예요?"

"아, 그거 3실버요."

"예? 이게 3실버나 해요? 다른 데선 1실버면 사던데."

"여기선 그거 없어서 못 팔아요."

물건에 바가지를 씌우고.

"안녕하세요. 방 있나요?"

"네, 그런데 성수기라 방값이 좀……."

"얼만데요?"

"2골드요."

"헐, 무슨 하룻밤 방값이 2골드나 해요? 일부러 제일 싼 데 찾아온 건데."

"어휴, 말도 마세요. 성수기엔 돈이 있어도 방이 없어서 길바닥에서 자는 사람이 얼마나 많은데요. 오는 사람이 많은 만큼 강도도 많아서 길바닥에서 자면 하룻밤 숙박비로 전 재산을 내는 사람도 많다니까요? 손님은 운이 좋으신 거예요."

"……."

잠자리에도 씌우고.

씌울 수 있는 곳엔 다 씌운다!

그뿐이랴.

"아니, 마차가 좀 빙빙 도는 거 같은데요? 여기 아까 오지 않았어요?"

"오해입니다. 처음 오시는 분이 어떻게 아세요?"

택시 요금 바가지까지!

좀 벗겨 먹기 쉬워 보인다 싶은 이들에겐 어김없이 후려친다.

한시민의 세뇌에 가까운 특훈이 낳은 훌륭한 결과!

물론 기존의 영지민들이 처음부터 이렇게 잘한 건 아니었다. 이들은 애초에 순박하고 정밖에 모르는 바보들. 처음엔 당연히 어색하고 민망해했다.

하나 시간이 지나고 오는 사람이 점점 많아지면서, 혹은 개인에게 닥치는 자금적인 압박 등에 의해, 그리고 점점 올라가는 리치 영지의 물가 때문에 한번 시작한 것이 계기였을 것이다. 언제나 처음이 어려운 법이니까. 정상적으로 일하는 것보다 훨씬 많은 돈이 들어온다는 사실을 깨달았을 테니까.

물론 이런 식으로 장사하다 보면 리치 영지의 평판은 계속해서 깎이고 이미지도 내려앉는다. 아무리 테마파크라 한들 고급화된 문화 공간이라는 인식과 호갱들 후려치는 관광지는 느낌이 확연히 다르다.

해서 한시민은 선을 그어주었다.

"그냥 딱 봐서 여기 처음 왔다. 돈도 없는 주제에 욕심은 많아서 사치 부리러 왔다 싶은 놈들만 잡아다가 아주 발도 못 붙이게 홀딱 벗겨 버리세요. 돈 있는 고객님들에겐 항상 친절이 우선입니다."

구분?

당연히 어렵다. 하지만 시간이 지나면서 영지민들은 해냈다.

그 결과가 흑마법사들이었다.

"돈이 없으시다고요? 그럼 몸으로 때우셔야겠네요?"

"……."

모든 사람이 당하진 않는다. 하나 정신머리 없이 이리저리 이끌리고 단호하게 거절하지 못하면 결국 이렇게 된다.

평범한 사람인 척 연기하고 있지만 분쟁이 나는 순간 걸릴 확률도 높아지는 흑마법사의 입장에선 이미 잔뼈가 굵은 아주머니들의 손길을 피하지 못하는 것.

두 명의 흑마법사가 돈도 없이 가이드를 이용했다가 강제 노동으로 붙잡혔다. 그나마 다행인 점은 한 명이 빠져나왔다는 것이랄까.

한 명의 흑마법사가 서둘러 접선 장소로 향했다.

"왜 이렇게 신호를 안 보내."

기다리고 있던 흑마법사들이 미간을 찌푸리며 물었다. 약속 시간의 지연은 곧 작전의 실패다. 지연된다는 소식조차 전해지지 않는다는 건 그냥 완전히 박살 났다는 뜻이다.

기분이 좋을 리 없다. 하나 동료들이 이리저리 끌려다니다 붙잡힌 모습을 본 흑마법사만 할까.

"둘이 붙잡혔습니다."

"뭣?"

진지한 목소리로 보고하는 모습에 화를 내던 자들이 놀라 숨을 들이켰다.

잡히다니!

"사람이 그렇게 많은데 어떻게……."

"들키진 않았습니다. 하지만 멍청하게 이리저리 이끌려 다니다가 그만……."

"……."

자초지종을 설명하자 이번엔 한심한 눈초리들이 줄줄이 이어졌다. 하나 이내 고개를 끄덕였다.

그럴 수 있다. 보통 흑마법사들은 인간들 사이에 스며들 때 하나의 역할을 정하고 스며든다. 최대한 들키지 않으려면 역할에 충실해야 하고 충실하다 보면 정말 내가 그가 된 듯한 느낌을 받게 된다.

대부분은 남들의 의심을 받지 않고 퍼주길 좋아하는 성격으로 설정하다 보니 이렇게 된 것이리라.

"어떻게 할까요."

문제는 잡힌 이후다. 들키진 않았지만 잡혔다. 큰 문제는 없을지언정 잡혔다는 사실 자체는 흑마법사들에게 위기다. 이후 상황에 어떻게 흘러갈지 자의로 바꿀 수 없다는 뜻이니까.

하나 한 명, 한 명이 소중한 시점.

"구출한다. 어차피 리치 영지는 무너뜨려야 하니까."

"예."

흑마법사들이 결단을 내렸다. 그들의 눈빛에는 비장함이 가득했다.

수치다. 아직까지 황실 기사에게도 잡히지 않은 기록을 여기서 깨버리다니. 그것도 흑마법사로서 잡힌 게 아니라 관광객으로 들어가 돈이 없어서.

누구에게 들키기 전에 얼른 빼 내와야 한다.

검은 그림자들이 리치 영지로 스며들었다.

흑마법사들은 숨어 살지만 거지는 아니다. 그들이 가진 능력은 대륙에서 금한 흑마법을 제외하더라도 돈을 벌기 아주 편한 것들이니까.

혹은 몬스터들을 사냥하고 슬쩍 사람들 사이에 스며들어 팔아도 돈을 벌 수 있다. 물론 돈이 그리 필요 없기에 모으려고 하진 않지만 붙잡힌 둘 정도 꺼내오는 데엔 문제가 없었다.

"죄송합니다."

"괜찮다. 들킬 수도 있으니 작전을 빨리 실행한다."

"예."

"3일 뒤, 영지에서 대규모 잔치가 열린다고 한다. 그때 저주가 스며든 음식으로 몰살시킨다."

"……!"

그렇게 모인 흑마법사들은 작당을 했다.

무려 아홉이 모여서 하나의 영지를 무너뜨리는 일이다. 작심하고 내뱉은 말에 다른 흑마법사들이 놀랐다.

"정말 그것으로 합니까?"

"그래, 모든 영지민을 죽이려면 그것밖에 없다."

"알겠습니다."

리치 영지에 있는 수많은 사람을 모조리 죽여 버리겠다는 말에 소름이 돋아서 놀란 게 아니다.

난이도 높은 저주 마법!

한 명이 걸리면 주변 사람에게 저주를 옮기는 최악의 마법을 쓰겠다는 말에 놀란 것이다.

당연히 아무나 쓸 수도 없다. 이곳을 지휘하는 7서클 흑마법사 정도는 되어야 가능한 일!

흑마법사들이 경외를 표했다. 배우기도 힘들뿐더러 쓰기도 힘들어 모든 7서클 흑마법사가 쓸 수 있는 것도 아닌 그 마법.

한 번 쓰고 나면 흑마법사의 흑마력이 며칠 동안 바닥난다는 그 마법.

그걸 본다는 건 큰 행운이다. 해서 더 의욕을 불태웠다.

그들이 나서서 리치 영지에 돈을 뿌리며 적응하기 시작했다.

12

리치 영지 페스티벌!

이름은 거창하지만 별거 없다. 놀이동산에서 매주 하는 광선쇼 같은 것이랄까. 아니, 거기서 따온 게 맞으니 맥락은 비슷할 것이다.

어쨌든 놀러 온 사람들에게 축제 느낌을 물씬 나게 하며 흥을 북돋워 더 오래 머물게 하고 돈을 쓰게 만들려는 수작.

돈이야 나가겠지만 벌어들이는 돈에 비하면 음식 조금 차리는 건 손해도 아니다.

어쨌든 많은 사람이 시끄러운 행사 소리와 경쾌한 웃음소리에 거리로 나왔고 여기저기 깔린 음식들에 손을 내뻗었다.

즐겁긴 즐겁다. 리치 영지에 장기 투숙하는 사람들도 처음이 아님에도 즐겼다.

여긴 그런 곳이다. 먹고 놀고 즐기고. 비록 통장의 한도에 여유가 있을 때까지라지만 자신의 즐거움을 돈보다 우선시하는 사람은 많다.

그런 사람들을 보며 흑마법사들이 숨어서 침을 삼켰다. 모두의 흑마력을 모아 저주를 심었다. 모든 음식에 걸 여력도 없어 일부만. 그만큼 어려운 마법이다.

거기에 한 번에 많은 양의 흑마력을 쏟아부어야 해 들킬 염려까지 있는 상황.

속을 끓인 걸 생각하면 주름이 열 개는 늘었을 것이다.

덕분에 마법을 사용한 흑마법사는 흑마력이 바닥나 표정이 초췌해졌고 다른 흑마법사들 역시 돕느라 흑마력을 소모한 탓에 안색이 좋지 않았다.

하나 기대만큼은 가득했다.

들키지 않았다. 그리고 마법이 성공했다.

두 가지만 완성했으면 됐다.

음식은 이미 거리로 나섰고 누군가 먹기만 한다면 저주가 퍼지는 건 시간문제!

여기저기 흩어져 해당 음식이 나온 거리를 보던 흑마법사들에게 드디어 희망의 빛이 내려왔다.

"먹는다."

일부러 많은 사람이 아닌, 조금 한적한 곳의 음식들에 저주를 심었다. 저주의 근원지가 어디인지 정확하게 알지 못하게 만들려고.

의도는 적중했고 음식을 먹은 사람은 시간이 지나자 시름시름 앓더니 그 자리에서 구토하며 쓰러졌다.

그게 시작이었다.

저주의 시작, 공포의 시작.

흑마법사들이 자리에서 일어났다. 그리고 뒤도 보지 않고 떴다. 저주가 발현된 걸 봤으면 됐다.

전염.

그들에게마저 손을 뻗치기 전에 빠지는 게 중요하다.

성공 여부?

의심치 않았다. 무려 7서클의 저주 마법이니까.

비슷한 시간.

강예슬이 한시민에게 물었다.

"오빠, 그런데 괜찮겠어?"

"뭐가?"

"리치 영지 말이야. 아무리 성벽이 튼튼해도 흑마법사들은 평범하게 스며들어서 저주나 역병으로 인간들만 친다는데."

"응."

"응이 아니라. 그러면 영업에 차질 생기는 거 아냐?"

"그렇지."

걱정스러운 말투에 한시민은 태연히 대꾸했다.

"아니, 그렇게 태평할 게 아니잖아."

"태평하긴."

하나 태연한 게 아니었다. 웃고 있는 한시민의 입꼬리가 부들부들 떨리고 있었다.

"빌어먹을 보좌관 돼지 새끼. 몇 개월이 지났는데 나한테 한 푼을 입금하긴커녕 돈만 처받아가는데 알아서 잘 막겠지. 휴."

"……."

"이번엔 또 뭘 얼마나 대단한 걸 샀기에 5만 골드나 가져갔는지 아주 한번 확인을 제대로 해봐야 하는데."

"……그 오빠에 그 수하들이구나."

한시민의 반응에 고개를 저었다.

그래, 괜한 걱정을 했구나.

천하의 한시민에게 돈을 뜯어 자신의 영지인 것처럼 정성을 들여 발전시키는 보좌관이야 한시민보다 스페셜리스트가 더 많이 만났고 대화도 나누었다.

그 돼지, 순진한 표정을 지으며 순박하게 대해주던 보좌관이 영지에 대한 애착만큼은 한시민이 돈에 보이는 것만큼 대단하다는 걸 잠시 잊었다.

"아마 영지 건드리는 놈 있으면 나보다 보좌관 그 돼지가 더 화나서 날뛸 거니까 굳이 나까지 신경 쓰지 않으련다."

확신하며 말하고 서핑하는 한시민의 눈에 속보가 들어왔다.

—리치 영지에 저주 퍼짐. 미친. 사람들 다 쓰러지고 난리 났다.

충직한 신하를 믿던 3분 전의 한시민이 곧장 빼액이를 타고 날아올랐다.

13

제국의 대신전.

혼란 속 가장 난리 통인 곳은 역시 이곳일 수밖에 없다.

"대신관님! 큰일 났습니다! 역병이 창궐했습니다."

"저주입니다!"

"북부에서 날벌레들의 습격으로 전염병이 돌고 있다고 합니다!"

마족이 악이면 신전은 선이다.

이를테면 상극.

가장 쉽게 흑마법사들을 잡을 수 있는 이들.

반대로 신관들 역시 흑마법사들이 가장 쉽게 저격할 수 있는 이들이다. 소설 속에서 나오는 일방적인 관계가 아닌 대등

한 상극.

물론 싸우면 신전이 이긴다. 신을 모시는 이들은 대륙 전역에 퍼져 있고 흑마법을 배운 자들은 극히 소수니까.

하나 이런 상황은 역시 신전에 불리하다.

"신전의 모든 역량을 쏟아부어 대륙의 위기를 구해내라."

"예, 교황님."

그럼에도 신을 모시는 자는 포기하지 않는다. 특히 어둠에 맞서는 상황에는 더더욱.

신앙의 무서움은 현실이나 판타스틱 대륙이나 다르지 않다.

일방적인 믿음, 신뢰, 그리고 그것에 반대되는 자들에게 보이는 적의.

조용히 신전에서 기도나 하며 아픈 자들을 치유해 주던 신관들도 나서기 시작했다.

순백의 광채를 휘날리는 성기사들과 온갖 성수가 대륙 전역에 퍼진다. 은혜를 입은 대륙민들이 고개를 숙이고 신을 찬양했다.

하지만 아쉽게도 그 손길이 모든 곳에 퍼지는 건 아니었다.

"제국 수도도 위험합니다."

"너무 많은 신관의 파견은 안 됩니다."

대륙이 넓고 신전도 그만큼 많다고 하지만 그곳에 속한 신관들이 대륙 전체를 책임질 수는 없는 법이다.

그만큼 대륙은 넓다. 또 전역에 퍼진 신관 중 신성력을 발휘할 수 있는 신관의 수는 제한된다.

그런 이들이 함부로 돌아다니다 흑마법사의 저격을 받기라도 한다면?

제국에 있는 신관들을 파견 보내면 된다지만 그 또한 안전하다는 확실한 보장이 있는 것도 아니고 그렇게 되면 제국 수도가 정말 위협을 받을 수도 있다. 여전히 많은 병력이 상주 중인 수도라지만 흑마법사들의 공격은 그런 직접적인 타격이 아니니까.

"수도에 성역을 설치하라."

해서 교황이 결단을 내렸다.

역시 가장 중요한 건 제국 수도다. 이곳이 무너지면 대륙도 끝이다. 단순히 그가 제국 수도에 있기 때문이 아니다.

황제!

현 대륙을 단일로 이끌고 있는 철혈의 군주.

그는 누구보다 강한 자이지만 동시에 누구보다 많은 적을 가지고 있는 남자다. 지금은 순순히 따르지만 언제든 기회만 된다면 배신하고 치고 올라올 귀족들, 아니, 왕국들은 넘친다.

마족이고 뭐고 일신의 양명을 위해서라면 오히려 이런 위기를 이용할지도 모르지.

교황으로서, 모든 대륙민을 사랑해야 할 자리에서 할 생각은 아니지만 교황은 냉철했다. 그래서 내린 결정이다. 최소한 제국 수도는 유지되어야 한다. 어떠한 악의 손길에서도. 그렇기에 신전에서 보유한 성역을 설치하기로 한 것이고.

"죄송합니다, 교황님. 현재 대신전에 성역이 없습니다."

"……?"

다만 문제가 있다면 이런 것이겠지.

"얼마 전, 만들어진 성역을 리치 영지에 설치해 주셨지 않습니까."

"아아, 그것이 그것이란 말인가."

"예."

있어야 할 게 없다는 것.

교황의 미간이 가볍게 찌푸려졌다.

얼마 전 기도 끝에 만들어진 신성력의 집합체, 성역. 제작 성공과 더불어 이제 1년에 하나쯤은 만들 수 있다는 희망에 부풀어 대륙 전역의 안전을 위해 교단에서 선별한 영지에 성역을 설치해 준다는 공문을 본 적이 있다.

교황 역시 가장 먼저 제국 수도에 설치할 것을 염두에 두었으나 이례적으로 교단을 위해 상납하고 기도하는 영지가 나와 흔쾌히 수락했던 기억이 새삼 떠올랐다.

"으음."

그때는 별문제 없었다. 마기가 깃든 게이트도 없었고 흑마법사도 머릿속에서 잊힐 만큼 오랜 시간 모습을 보인 적이 없었으니까. 제국 수도는 딱히 성역이 있어봐야 도움이 될까 말까였고. 특히 흑마력 이외엔 반응하지 않는 성역은 있으나 마나 한 수준.

그래도 나름 이전 마족들의 대륙 침공 때 본거지였던 곳과 근접해 있는 리치 영지에 설치하는 것도 나쁘지 않은 일이라 생각했었다.

"어쩔 수 없지. 대응책으로라도 제국의 청결을 가장 우선시하라."

"예, 교황님."

고민하던 교황이 결국 성역을 포기했다. 애초에 렌트도 아니고 받아 처먹은 게 많아 고마움의 의미로 설치해 준 것이다.

회수하겠노라 하면 회수할 수 있겠지만 그러면 교황의 위신은 어디로 가겠는가. 바닥에 처박혀 길 가던 거지들도 비웃을 것이다.

그뿐이랴. 흑마법사들은 그를 계기로 교황에 대한 진정성 여부를 걸고 놀릴 수도 있다.

그런 아주 작은 흠마저 교황은 신경 써야 했다.

"아쉽군. 그것만 있다면 제국은 적어도 마왕이 오지 않는 한 흑마력으로부터 무결 지대가 되는 것인데."

교황의 아쉬움만이 대신전에 흐를 뿐이었다.

10분, 20분, 30분.

시간이 분 단위로 흐를 때마다, 아니, 초 단위로 흐를 때마다 전염되는 숫자는 기하급수적으로 늘어났다.

건물 안, 호텔 안에 틀어박혀 있다고 대상이 되지 않는 것도 아니었다.

"우웩웩."

"콜록, 콜록."

피를 토하고 구토한다. 정신을 잃고 쓰러진다.

흑마법의 무서움! 인간이 대항하지 못하는 질병을 임의로 만들어내기 때문!

시간이 조금만 더 흐르면 사망자가 발생한다.

그리고 그것은 곧 지옥의 시작이겠지.

그렇게 순식간에 리치 영지 내부에 있는 사람들이 거의 다 쓰러지고 첫 번째 사망자가 나올 것 같을 때쯤, 변화가 시작되었다.

우웅-

시작은 전염병의 근원이었다. 가장 첫 저주에 걸린 자의 발밑. 흑마법사들이 만들어낸 저주 마법의 첫 희생양. 그의 발밑에서 순백의 마력이 흘러나왔다. 아주 미세하게.

하지만 그것은 곧 자신의 존재감을 알리기라도 하듯 어느새 커져 갔다. 양이 늘어나고 실오라기만 하던 빛은 저주에 걸려 의식을 잃은 자의 온몸을 감싸고 있을 만큼 굵어졌다.

그리고 솟구쳤다. 하늘로.

동시에 그 빛은 퍼졌다. 영지 전체로.

장관!

말로 표현할 수 없을 만큼 아름다운 풍경이었다. 신을 믿는 자 중 정신을 차리고 있는 자들은 곧장 무릎을 꿇고 고개를 조아리고 신관들은 감동의 눈물을 흘렸다.

저주에 걸려 빌빌대던 사람들이 순백의 빛 속에서 몇 초도 되지 않아 혈색을 되찾았고 최초의 저주에 걸린 사람도 빛과 함께 치유되었다.

기적!

기적이 리치 영지에서 벌어졌다. 그리고 그걸 하늘에서 본 자가 있었다.

"와, 예쁘다."

"영지 전체에 마법진이 걸린 것 같은데요?"

"……."

바로 한시민과 스페셜리스트!

믿지만 믿는 것과 별개로 달려올 만한 상황이었다.

집이 탈탈 털리게 생겼는데 안 오면 그건 집주인이 아니지.

후작 때야 성벽도 넘지 못하리란 확신이 있었고.

하나 올 필요가 없다는 걸 증명이라도 하듯 화려하고 성스러운 퍼포먼스와 함께 빛은 사그라졌다.

"뭘까?"

"신전에서 구입한 마법진인 거 같은데?"

"뭐든 그게 중요한 게 아니지."

그와 함께 셋의 시선이 한시민에게 향했다. 대답을 바라는 표정. 하나 한시민도 대답하지 못했다.

"이런 미친. 대체 얼마짜리를 산 거야."

왜냐하면, 그도 몰랐던 마법진이니까.

아니, 알 수도 있었다. 분명 보좌관은 가끔 들리는 한시민에게 이런저런 영지에서 돈을 쓰는 굵직한 내용은 전부 보고하곤 했으니까.

그냥 한시민이 무시했을 뿐이다. 어차피 그에게 들어오는 돈이 없다는 말과도 같았으니까.

얼른 기억을 되짚어 보았지만 역시 기억 속엔 아무것도 남아 있지 않았다.

깔끔하게 자신에게 돈 되지 않는 것들은 지워 버리는 능력!

"하아."

머리가 지끈거렸다. 위기는 분명 넘겼다. 좋아해야 하는 게 정상인 상황도 맞다. 그냥 걱정될 뿐이다.

“설마 적자는 아니겠지.”

이건 그냥 본능적인 감이다. 저 정도 마법진에 이런 능력. 사치스럽기로 유명한 신전에서 저렇게 훌륭한 마법진을 공짜로 설치해 주었을 리가 없다.

“나보다 더하면 더한 놈들인데.”

걱정스러운 마음과 함께 리치 영지에 착륙했다. 수많은 사람의 시선을 한몸에 받으며.

그를 본 보좌관이 달려왔다. 가식적인 미소와 함께.

“여러분! 리치 영지는 영주님의 은혜와 함께 이토록 안전합니다! 흑마법사들의 저주? 그런 건 통하지 않으니 여러분은 그저 리치 영지의 테마파크를 즐기시기만 하면 됩니다!”

“와아아아아!”

환호가 터졌다.

14

유저들은 보았다.

['성역'의 효과로 모든 상태 이상이 해제됩니다.]

['성역'의 효과로 '성' 속성 효과가 30% 상승합니다.]

['성역'의 효과로 모든 암 속성 스킬의 효과가 30% 감소합니다.]

[체력이 회복됩니다.]

[마력이 회복됩니다.]

죽음의 순간에서 기적적으로 나타나는 홀로그램들을.

하마터면 놀러 와서 이틀을 현실에서 강제 휴식 취하게 생겼던 이들은 흥분해 커뮤니티에 글을 올리기 바빴다.

뿐만 아니다. 예전 같았으면 커뮤니티에서 유저들끼리만 화제가 되었을 것이지만 이제는 모험가들과 NPC들의 나름 소통의 창구가 열렸다.

이와 같은 소식들은 NPC들에게 더 빨리 그리고 활발하게 퍼졌다.

어쩌면 당연한 일일지도 모른다. 같은 시간에 같은 이들에게 같은 속도로 소문이 퍼진다 해도 받아들이는 입장에서 얼마나 크게 느끼느냐에 따라 반응하는 크기가 다를 테니까.

―와, 대박이네. 무슨 영지에 저런 걸 다 설치하냐.

―저런 건 얼마나 할까?

―신전에서 산 거라는 소문이 있던데.

―ㄴㄴ 산 게 아니라 기부.

―기부가 산 거지 뭐. 그 바가지 씌우기 좋아하는 신전에서 저런 걸 해줄 정도면.

—리치 영지 월수입이 대기업 뺨친다는 소문도 있다.

이를테면 커뮤니티에서의 반응이 주로 죽다 살아난 것에 대한 감탄이 아닌 화려하게 선보인 성역의 가격에 대한 궁금증이라면.

"뭐라? 흑마법으로부터 절대 안전?"

"걸린 저주도 풀어준다고?"

"목숨은 무조건 부지할 수 있다는 이야기군."

NPC들에게 퍼진 이야기를 들은 귀족들의 반응은 주로 자신의 안전에 대한 은행을 찾은 기분이니까.

온갖 핵이 여기저기서 펑펑 터지는 가운데 핵으로부터 절대적으로 안전한 벙커가 세상에 알려진 셈이다.

그렇게 되면 어떻게 될까?

두말할 필요도 없다. 귀족들이 너도나도 리치 영지에 관심을 보였다. 이주까지는 아니다. 관심을 보일 만한 사람들은 적어도 자신이 가지고 있는 무언가가 있는 자들이니까.

그걸 고작 터지지도 않은 전쟁 때문에 전부 버리고 이주하는 건 그들의 욕심에 말도 안 되는 일.

그저 보험이다. 어떻게 안 될까. 만약 정말 모든 걸 버리고 도망갈 상황이 온다면. 억울한데 목숨만큼은 확실하게 지킬 수 있는 그런 보험 하나는 들어놔야지.

그렇게 관심이 집중되는 가운데 모두의 관심을 알기라도 하는 듯 리치 영지에서 새로운 서비스가 출시되었다는 소문도 함께 퍼졌다.

"리치 영지 VVIP 회원권? 이건 뭐지?"

Episode 40.

대접받는 호구가 돼라

1

회원권.

이름만 들어도 거창하다.

뭔가 프라이빗한, 가지고 있기만 해도 왠지 모르게 나만을 위한 특별한 서비스가 존재할 것만 같은 기분이 드는 그런 이름!

그런데 거기에 VVIP가 붙었다.

VIP만 해도 사람을 설레게 하는 요소가 잔뜩 담겨 있다.

Very Important Person. 아주 중요한 사람.

세상에서 중요하고 싶지 않은 사람이 어디 있겠느냐만 자기 자신이 생각하기에 본인이 중요하다 판단하는 것과 다른 사람들이 그렇게 판단하는 것의 차이는 아주 크고 넘친다.

대접받느냐 마느냐의 차이. 그리고 그 대접해 주는 곳이 어디냐의 차이.

그런 의미에서 리치 영지 VVIP 회원권, 그러니까 very가 하나 더 붙은 아주아주 중요한 회원이 될 수 있다는 뜻을 가진 티켓은 사람들에게 화제가 될 수밖에 없었다.

“흑마법사나 마족들로부터 완전무결함을 보장받는 영지에서 회원권을 발매했다.”

“거기 있으면 적어도 죽지는 않는다는 건가?”

“에이, 그래도 마족들이 다 때려 부수면?”

“적어도 영문도 모른 채 억울하게 저주 걸려 죽는 것보다야 낫지.”

특히 지금은 전쟁통이다. 아직 본격적인 전쟁은 시작되지도 않았지만 아예 목숨이 벼랑 끝에 몰린 것보다 이렇게 몰릴지도 모른다는 생각이 사람들에겐 더 큰 초조함을 낳게 만든다.

웬만큼 돈 좀 있다 생각하는 사람들은 전부 관심을 보였다.

어떤 식으로 발매되는가. 혜택은 무엇인가.

테마파크라는 이름으로 많은 돈을 버는 모험가의 영지라는 점이 NPC들로 하여금 더 큰 관심을 불러일으키는 데 가산점이 되었다. 사실 회원권이라는 이름 자체도 대륙에선 생소하니까.

모험가들의 세상에서 쓰이는 단어다. 기대가 될 수밖에. 이미 테마파크에서 충분한 만족을 느꼈지 않은가.

NPC들은 한시민을 보챘다. 한시민도 기대에 부응해 곧장 어떤 식으로 회원권을 발매할 예정인지 공개했다.

"리치 영지 VVIP 회원권은 오로지 리치 영지 내부에서만 효력을 발휘하는 회원권입니다. 추후 리치 카지노라든지 다른 분점이 생겼을 때는 말이 달라지겠지만 어쨌든 회원권을 가진 자는 적어도 리치라는 단어가 붙은 장소에서만큼은 황제 부럽지 않은 대접을 받을 수 있습니다."

사람의 마음을 은근히 건드릴 줄 아는 사기꾼!

현실에서 사람들이 과시욕과 명예욕에 돈 쓰기를 주저하지 않는다는 걸 너무나도 잘 아는 한시민이다.

판타스틱 월드라고 다를까. 특히 현실보다 더하면 더했을 신분제를 가지고 있는 곳에서?

더 높은 신분을 바라보고 올라가고 싶어 하는 이들에게 리치 영지에서의 황제라는 단어는 가슴속 깊숙이 묻어두었던 욕망을 건드리는 자극이 될 것이다.

제아무리 돈이 많고 공작까지 올라간 자라 한들 태생이 안되면 닿지 못할 단어.

기분만 내는 것이지만 그런 대접을 받을 수 있다니!

"아, 물론 진짜 뭐라도 되는 양 횡포를 부릴 시에는 그대로 회원권 박탈과 함께 블랙리스트에 등재되오니 VVIP 회원다운 품격을 지켜주시기 바랍니다."

물론 한시민의 영지다. 현실에서처럼 VVIP가 갑이 된다거나 하는 일은 없다. 그저 호구 중에 대접받는 호구가 된다는 뜻이다.

그럼에도 사람들은 경청했다.

"VVIP 회원권 발급 방식은 간단합니다. 1년에 2회, 반기별로 리치 영지에서 가장 활발한 활동을 보이신 열 분을 순위로 잘라 지급합니다. 그리고 그 밑 아흔 분께는 VIP 회원권을 지급하고요. 회원권을 지급받으신 회원님들께선 그날부터 리치 영지에서 많은 혜택을 받으실 수 있게 됩니다."

그렇게 설명이 끝날 때까지 크게 중요한 말은 없었다. 듣던 유저들이 한 줄로 요약할 수 있을 정도로 별 의미가 없던 설명이기도 했다.

-그러니까 돈 많이 써라 이거네.

반박할 수 없는 정곡이다. 하나 한시민은 떳떳했다.

마음에 안 들면 회원이 되지 않으면 그만이다!

누가 하라 강요하지도 않았다. 어차피 리치 영지엔 즐길 것들이 차고 넘친다.

현실이나 판타스틱 월드에서나 쉽게 즐기지 못하는 테마를 마음껏 탐험하며 쓰는 돈은 그대로 증발되는 셈인데 그걸 포인트로 만들어 더 큰 혜택과 대접을 해주겠다는데 뭐가 불만이란 말인가!

투덜대는 사람 중 리치 영지에서 돈 좀 꽤나 쓰는 사람은 없다.

한시민은 그렇게 단정 지었다. 자기 세뇌만큼은 세계에서 제일 잘하는 한시민이다.

회원권은 그렇게 발매되었다.

"아! 그리고 가장 중요한 걸 말씀드리지 않았네요. 다들 궁금해하시는 부분일 텐데. 회원권을 가지신 최상위 열 분껜 회원권을 보유하시는 동안 리치 영지에서 가장 심혈을 기울여 만든 저택을 한 채씩 제공해 드리고 나머지 VIP 회원님들껜 기간 내 언제든 쓰실 수 있는 룸을 제공해 드립니다."

약간의 차별된 서비스와 안전을 보장하며.

반발은 당연히 심했다. 심하지 않으면 그건 오히려 이상한 일이다.

"영지에서 돈을 쓰는 사람들을 기만하는 행위다!"

차별, 박탈.

사람들이 느끼고 싶지 않은 감정들이다. 특히 돈으로 사람을 가린다는 건 대상에 들지 못하는 사람들에겐 아주 크나큰 슬픔.

하나 아쉽게도 그런 컴플레인이 통하는 곳은 아니었다. 또 상대적으로 불만을 터뜨리며 행동으로 옮기는 사람도 별로 없었다.

"돈도 돈이지만 얼마나 많이 이용하느냐에 따라 갈린다던데?"

"그냥 돈만 펑펑 쓰는 건 효율이 좋지 않아."

한시민이 영리하게 굴을 파놓았기 때문이다.

마일리지 제도!

그가 만들어낸 건 당연히 아니다. 현실에서 포인트 시스템을 고스란히 가져왔을 뿐이다.

물론 거기서 맹점을 하나 만들어 두긴 했다.

"그래도 돈을 쏟아붓는 사람들은 못 이기잖아."

이용 횟수가 얼핏 보면 중요해 보인다. 하지만 결국 돈을 쓰는 사람들의 한계는 정해놓지 않아 억 소리가 날 만큼 돈을 쓰는 자들은 마일리지도 많이 쌓이게 된다.

하지만 그 작은 차이가 불만이 옅은 자들의 마음을 반대편으로 서게 만들었다.

희망 여부의 차이다. 아예 1%도 가능성이 없는 것과 그래도 열심히 하면, 나 정도 돈을 가지고 있는 사람이 노력까지 하면 될 수도 있겠구나의 차이.

또 일부는 나와는 상관이 없다는 생각이었다.

'어차피 즐길 거만 즐기고 가면 되는데.'

'굳이 6개월마다 바뀌는 것에 연연할 필요는 없지.'

유저뿐 아니라 대부분의 NPC도 그렇게 생각했다.

극히 최상위 귀족들만이 자신의 목숨을 보험으로 VVIP 회원권을 딸 생각을 할 뿐 언제 터질지도 모르는 마족들의 침공 따위에 전 재산과 시간을 투자할 사람은 별로 없다.

그러니 결국 상관이 없는 것이다. 회원권을 따지 못한다 해도 리치 영지에서 즐길 수 있는 것들이 주는 게 아니다.

더 많은 대접을 받는 사람들? 내가 신경 쓰지 않으면 그만이지.

사람들은 그렇게 생각했다.

2

소문은 빠르게 퍼졌다. 흑마법사들 사이에서.

"리치 영지에 성역이 깔렸다고 합니다."

"성역이? 거기에?"

"예."

"왜지?"

"자세한 내막은 모르겠으나 성역이 두 개일 가능성도 염두에 두어야 합니다."

"이런."

성역은 그야말로 흑마법사들이 경계해야 할 대상 1호니까. 교황이고 성녀고 다 필요 없다. 성역만큼 짜증 나고 귀찮은 마법진은 없다.

당연히 숨어 살면서도 신전에서 만들어낸 성역의 존재에 대해 어떻게든 알아냈고 그 행방에 대해 열심히 조사 중이었는데 이런 때에 나타난 것!

"덕분에 리치 영지에 잠입했던 흑마법사들이 전부 잡혔습니다."

"젠장."

방심했다. 아니, 방심은 아니다. 언제나 염두에 두어야 하는 것은 맞으나 설마 그런 곳에 있으리란 생각은 그 누구도 조금도 하지 않았을 테니까.

정상적인 마인드를 가진 자라면 그런 성역은 제국 수도에 까는 게 맞다. 황제를 지켜야 하니까. 하다못해 대륙을 지탱하는 중심인 제국 수도를 온전하게 유지해야 하니까.

하나 그걸 다른 영지에, 그것도 일개 모험가 자작의 영지에 깔았다.

누가 상상이나 했겠는가. 어디 마족들이 날개를 펴고 날아와도 쉽게 침입이 힘든 천연의 요새라면 모를까.

"어찌했나."

"빼돌릴 방법은 현재로선 없습니다."

"그렇겠지."

변수의 대가는 희생이다. 지금까지 황실 기사단과 성기사들에게서도 모습을 감추고 잘 도망쳐 왔던 흑마법사들이 잡혔다.

그것이 의미하는 바는 하나다.

앞으로의 활동은 더 힘들어지리라. 그리고 더 위험해지리라.

흑마법사들은 해서 선택을 해야 했다.

"구출은 힘들겠지?"

"그렇습니다."

마법에만 몰두한 이들이라 신체적인 부분은 약하다. 그럼에도 고문에 쉽게 동료를 팔아먹진 않는다.

의리가 뛰어나서가 아니다.

흑마법.

저주와 세뇌의 상징인 마법을 자기들끼리는 쓰지 않았을

까. 대륙의 적인 그들이 모여 끝까지 의리를 지키며 살기 위해선 그럴 수밖에 없는 제약도 필요한 법이다.

당연히 배신하고자 하면 저주가 발동된다. 그래서 말하지 못하는 것이다. 말은 곧 죽음이니까.

"알려질 것입니다. 이곳도 버리는 게 낫겠습니다."

"그러지."

하나 죽음을 담보로 말할 수도 있다. 저주는 배신을 대가로 발동하는 것이지 배신 자체를 막아줄 수는 없기에.

흑마법사들 입장에선 반대쪽이 악마보다 더한 악마들이다. 신을 핑계로 흑마법사들을 잡아 족치는 걸 보면 어떨 땐 저들이 마족이 아닐까 싶기까지 하다.

그걸 견뎌낼 흑마법사?

차라리 죽여달라 애원하며 비밀을 털어놓는 흑마법사가 있다는 이야기는 들어보았지만 전자는 없다. 해서 마음에 들지 않는 것이다.

생각보다 빠르게 걸렸다. 리치 영지라는 존재 하나 때문에. 자신들이 그곳을 치겠다 판단한 것 따위는 조금도 탓하지 않고.

아주 훌륭한 한시민 마인드!

자리를 피하며 흑마법사들이 다짐했다.

"리치 영지는 무슨 수를 써서라도 지운다."

"쉽지 않을 것입니다."

"알지만 해야 한다."

"성역의 파괴보다 수도를 노리는 것이 쉬울 수도 있습니다."

"수도에서 설치되어 있을 가능성이 있다."

"낮습니다."

"그래도 성역은 파괴해야 한다."

"……."

수도를 치는 것과 성역 속으로 들어가 성역을 파괴하는 것.

사실 이걸 비교할 날이 올 줄은 상상도 못 했다.

다만 상황이 닥치고 생각해 보니 후자가 더 가능성이 크다는 판단이 들었다. 제국 수도엔 성역만 한 게 남아 있지 않다고 가정해도 그곳에 있는 신관들과 성수는 쉽게 저주를 퍼뜨릴 수 없는 환경을 만들어내고 있으니까.

차라리 힘이 떨어지지만 수도보다는 보안이 약한 리치 영지를 치는 편이 낫다.

판단한 흑마법사가 말했다.

"옮기는 즉시 집결하라. 바로 친다."

생각은 정확하게. 그리고 행동은 누구보다 빠르게.

허점을 친다.

벼랑 끝에 몰렸다 판단하고 움직이기 시작한 흑마법사들이 은밀히 집결했다.

3

권력, 명예.

이게 뭐라고 사람들이 그토록 돈을 쓰는 걸까.

사람마다 말은 다 다르겠지만 결론은 하나다.

보이기 위함!

남들에게 우쭐대기 위함!

어깨를 펴기 위함!

그를 위해 권력과 명예를 위해 돈 낭비를 아끼지 않는다. 사람은 사회적인 동물이니까.

돈을 통한 자기만족보단 다른 사람들에게 존경받고 더 높은 곳에 있다는 걸 느끼고 싶어 하고 누군가를 부리고 싶어 한다.

그렇기에 신분제가 만들어지는 것이고, 현실에선 국회의원이나 대통령이 되고 싶어 하는 것이다.

물론 모두가 그렇진 않다. 남들에게 잘 보이는 것보단 그냥 내가 잘 먹고 잘사는 게 중요한 사람도 많다.

가치를 따지자면 이상보단 현실을 선택하는 자들. 현실에 만족하며 배부르게 살고 싶은 자들.

그런 사람들은 굳이 권력과 명예를 탐내지 않는다. 돈을 가장 중요하게 여기는데 돈을 버리고 얻어봐야 뭐 하겠는가. 해서 그들에겐 VVIP 회원권이 보장하는 명예엔 관심이 없다.

아니, 없었다.

"좋네. 아주 좋아. 전용 비서로 따라붙는 아이도 아주 미색이 뛰어나고 수발드는 게 어지간한 비서들보다 눈치가 빠르니 내 영지로 데려가 일을 시키고 싶을 정도야."

"정말 황제가 부럽지 않은 서비스더군."

"이걸 6개월 동안 매번 누릴 수 있다니."

"물론 팁으로 돈을 줘야 하지만 손 하나 까닥 않고 쉴 수 있는데 까짓것."

"VIP 회원권을 VVIP로 업그레이드시키고 싶은 욕구가 다 생길 정도야."

없었는데 생겼다. 그럴 수밖에 없다. 굳이 돈을 더 쓸 필요도 없이 그냥 살면서 자기만족을 위해 쓰는 돈에 따라오는 명예다. 그런 것까지 거절하진 않는다. 공짜로 따라오는 친절은 누리면 누릴수록 삶의 품격이 올라가는 기분으로 전환된다.

그건 곧 그걸 누리는 사람들과 보는 사람들의 회원권에 대한 인식 변화로 이어졌다.

"VIP 만찬이 있는데 참석하시겠습니까?"

"VIP 특별 할인되었습니다. 감사합니다."

"마일리지로 특별히 입고된 물건을 구입할 수 있으신데 어떠신지요?"

보는 사람으로 하여금 질투가 나게 할 정도의 서비스!

돈으로 환산하면 여기서 쓴 돈을 다 환불받았다고 느낄 만큼 질이 뛰어나다.

그러니 어찌 좋게 보지 않을 수 있단 말인가!

귀족들이 시간이 지나며 회원권에 점점 관심을 두기 시작했다. 그런 것 따위 관심도 없던 사람들도 마찬가지.

리치 영지가 대륙에 알려지면 알려질수록 회원권의 가치는 뛰었다. 양도할 수만 있다면 회원권을 얻기 위해 쓴 돈보다 훨씬 높은 가격에 거래가 될 정도로 유명해졌다.

NPC들에겐, 이를테면 대륙에 몇 개 없는 명품인 셈이다.

하다못해 제국의 귀족이라는 타이틀보다도 적은 숫자!

하나 이런 식으로 회원권의 혜택이 알려지면 질수록 관심을 끄는 쪽은 오히려 NPC들보다는 유저들 쪽이었다.

[어쩌다 리치 영지 VIP 된 유저입니다.]

안녕하세요. 사냥보단 판타스틱 월드의 방대함에 이끌려 게임을 시작한 유저입니다.

넓은 대륙을 돌아다니며 탐험하는 재미에 게임 하다 시민이라는 분이 만든 리치 영지에 닿게 되었습니다.

예, 많은 돈을 썼지요. 하지만 아깝지 않을 만큼 잘 만든 테마파크였고 정말 현실에서 볼 법한 곳임과 동시에 판타스틱 월드만의 매력 또한 절묘하게 스며들어 시간도 아깝지 않은 영지였습니다.

덕분에 유저로선 최초로 VIP 회원권을 받게 되었고 더 빠지게 되었습니다.

현실에서 살 만큼 산다고 부끄럽지만 말씀드릴 수 있는데 요즘 허리가 휠 정도로 골드 교환해서 쓰고 있습니다. 그만큼 많은 혜택이 있고 저에겐 별 상관이 없지만 사냥하시는 분들껜 유용할 것 같은 몇 가지 혜택을 적어보고자 합니다.

……중략…….

리치 영지 회원권은 유저들에게 유리하게 만들어져 있더군요. 필요 없는 사람들이라 해도 제공되는 서비스는 만족할 만한 수준이지만.

어쨌든 전 이번 반기 과하더라도 유저 최초 VVIP 회원권 한번 따보겠다는 마음가짐으로 리치 영지에 돈을 쏟아붓고 있습니다.

반년 뒤 따고 다시 인증 글로 돌아오겠습니다.

올라온 글과 함께 퍼지는 건 금방이다. 그리고 그곳에 적힌 유저를 위한 혜택은 별것 없으면서도 대단했다.

–13강 강화권 제공?

–회원권 따면 준다고?

–그거 말고 강화 비용 30% 할인도 있네.

–경험치 버프 구매권은 뭐지?

하나같이 돈으로 구할 수 없는 서비스들, 보는 이로 하여금 신세계를 경험할 수 있게 해주는 것들.

유저들은 구구절절한 스토리보단 이것들에 관심을 보였다.

그럴 수밖에 없다.

–다시 봐도 대단하다.

–13강 강화권은 진짜 갖고 싶다.

–경험치 버프 구매권은 돈을 또 써야 하네?

–돈으로 시간을 살 수 있는 권한을 얻는 거지.

스페셜리스트만이 누려왔던 권리가 이제는 리치 영지에 돈을 투자하는 사람들에게도 제공되는 셈이니까.

긴장되고 기대된다. 그걸 누리면서 게임을 하면 이보다 얼마나 더 성장할 수 있을까.

물론 있는 자들 한정이겠지만 판타스틱 월드엔 그런 사람이 생각보다 많다.

유저가 하나둘 리치 영지로 모여들기 시작했다. 돈을 바리바리 싸들고.

이벤트? 메인 퀘스트?

진행하는 데 방해받지 않으면서 동시에 해결할 수 있는 서브 미션 같은 것이다. 얻으면 앞으로의 미래에 도움이 될 만한 것이고.

본의 아니게 유저들과 NPC들 사이에 회원권을 둔 경쟁이 시작되었다.

회원권이 나오기 전, 리치 영지는 그래도 분쟁이 많은 영지였다. 분쟁이라기보다 신분이 존재하는 판타스틱 월드에서는 필연적으로 생길 수밖에 없는 일들이랄까.

"뭐라? 감히 내게 바가지를 씌워? 네 이놈! 정녕 죽고 싶어 환장을 했느냐!"

영지의 주인은 황제의 사위이자 자작이지만 그곳에서 물건을 파는 영지민은 아니다. 한시민의 비호를 받고 또 이렇게 장사해도 좋다고 따로 교육까지 받았지만 결국 그들의 태생은 평민. 귀족들을 상대로 바가지를 씌우다 보면 종종 이런 일이 벌어졌다. 그럴 때마다 고개를 조아리며 따로 보좌관이 나서 해결했어야 했고.

회원권이 나온다고 해서 크게 달라질 것도 없었다. 하지만 달라졌다.

"꺅!"

"어허, 감히 평민 주제에!"

홀에서 서빙 하는 영지민을 희롱하는 귀족!

이 세상에선 성추행으로 보지도 않을 만큼 가벼운 장난이었지만, 분위기가 달랐다.

"뭐!"

물론 분위기만 다르면 별문제 될 게 없다. 모험가들이 그런 장난을 아니꼽게 본다는 게 그들보다 한참은 위의 계급인 귀족이 뜨끔할 문제는 아니니까.

하지만 분위기뿐이 아니었다.

"제국의 후작 아니고스네."

"헉!"

직접 나서는 자가 등장했다.

그것도 제국의 후작!

제국은커녕 변방 왕국의 자작이나 될 법한 귀족이 서둘러 자리에서 일어나 고개를 숙였다.

"리치 영지에서 그런 추잡한 행동이라니. 영지의 격을 떨어뜨리는 행동은 용서치 못한다."

"죄, 죄송합니다."

귀족들끼리는 결국 한 다리만 건너면 전부 연결된다는 말이 있다.

판타스틱 월드의 명언!

비록 제국의 대귀족과 변방 왕국의 이름뿐인 귀족이라는 큰 차이가 있지만 후작의 콧바람이면 자작은 이리저리 치이다 귀족 작위마저 빼앗길 수도 있다. 비교하자면 대기업과 하청 업체 수준이랄까.

이런 일들이 영지 전체에서 벌어지기 시작했다. 자발적인 움직임. 회원권을 딴 귀족들이 누가 시키지도 않았는데 알아서 영지를 깨끗이 만든다. 한시민조차 예상하지 못했던 결과였다.

“영주님께 잘 좀 말씀해 주시게.”

“헉! 물론입니다요.”

물론 공짜는 아니었다. 회원권을 지닌 자들은 영지의 품격을 높여주며 자상하게 웃으며 아부했다.

그들은 비록 한시민이 제공하는 혜택들을 100% 받아들일 순 없지만 그것 외에 그만한 가치를 뽑을 만한 혜택을 찾아냈다.

“언제 한번 영주님과 식사 자리를 갖고 싶네만.”

“VIP 회원권으론 부족한가? 그렇다면 다음 반기엔 꼭 VVIP가 되겠다고 말씀 좀 잘 드리게.”

황제의 사위에게 줄을 댈 수 있는 출세길!

NPC들에게 회원권은 그런 의미였다.

유저들은 스펙 상승을 위해, NPC들은 입신양명을 위해, 흑마법사들은 성역 파괴를 위해.

리치 영지가 날개를 펴고 도약을 시작했다.

4

"돈방석에 앉은 게이머. 유저 최초의 영지 보유자. 그는 누구인가."

"누구긴, 미친. 돈벼락을 맞아도 한 푼도 못 받는 거지깽깽이지."

"그래도 오빠, 손익분기점 넘기면 돈 좀 들어오지 않겠어? 매출 꽤 늘었다며."

"늘기야 늘었지. 평소보다 3배 이상 늘었기야 하지."

"그럼 대체 얼마야?"

"모르겠다. 속 쓰려서 안 물어봤다. 들어봤자 뭐 하냐. 다 의미 없는 짓인데."

한시민이 한숨을 내쉬었다.

일단 기회를 놓치지 않고 잡긴 했다. 설마 보좌관이 영지에다가 그런 쓸데없는 성역을 설치해 두었을 줄 누가 알았겠는가. 하마터면 영지가 폭삭 망해버릴 뻔한 걸 살려놓았으니 냅다 그걸 빌미로 성장까지 시켰다.

그런데 나날이 올라가는 매출과는 반대로 한시민에게 들어오는 돈은 꾸준함을 유지했다.

—0,000.

어디서 어떻게 돈이 나가는지 너무나도 투명하게 보여주니 화를 낼 수도 없다. 오죽 투명하면 밑바닥이 보이지도 않을 만큼 깊은데 다 보여주려고 밤새 설명할 기세이기에 한시민이 말렸겠는가.

그만큼 보좌관은 깔끔했다. 돈에 관해선. 다만 영지에 대한 애착이 더 큰 게 문제일 뿐이지.

“성역을 빼앗지는 않는데 이번에 아쉬운 게 많아서 더 투자한댄다.”

“보좌관도 참 대단하다. 어떻게 시민 오빠한테 그렇게 돈을 뜯어내지?”

“그 주인에 부하라고. 다 닮는 거지.”

“영지민들도 시민 씨를 점점 닮아가는 것 같던데.”

어쨌든 그림의 떡이다. 그래도 애초에 투자한 게 적을뿐더러 투자한 금액은 이제 잊기로 했으니 망정이지.

‘나중을 생각하자, 나중을.’

또 이렇게만 간다면 언젠가는 돈이 들어올 것이다. 게다가 부수적인 수입을 낼 수 있는 방안까지 마련하지 않았나.

리치 영지 주변을 주거지로 만들어 개척하기 위한 공사도 들어갔다. 성역이 거기까지는 영향을 미치진 않지만 경기도 느낌으로 거주지를 마련해 둔다면 분명 부수적인 이익을 충분히 챙길 수 있으리라.

그렇게 생각하며 나름 폭풍전야 같은 침묵을 즐기는 사이, 노다지가 돌아왔다.

"헉! 살아 계셨네."

"오랜만이에요."

"아, 안녕하세요."

지하 100m 땅굴을 혼자 파고 온 것 같은 차림새로.

예전의 투박했던 마을이었다면 모를까 요즘 같은 시기에 그런 꼴을 한 모험가는 시선을 사로잡았다.

물론 딴지 거는 이는 없었다. 많이 변했다고는 해도 여전히 리치 영지는 모험가가 많이 오가는 마을.

"사장님, 제가 해냈습니다."

"예?"

"스페셜 아이템을 구해왔습니다!"

"……!"

그런 와중에 노다지가 당당하게 외치며 품속에서 작은 광석 하나를 꺼내 내밀었다.

5

죽기도 몇 번 죽었다. 다시 찾아가는 길에 또 죽을 뻔한 위기도 많았다.

흑마법사들이 돌아다닌다는 흉흉한 소문 또한 듣고 싶지 않아도 온갖 커뮤니티에서 떠들어 대 불안함은 더 컸다.

그럼에도 노다지는 포기하지 않았다. 유적을 탐험했고 결국 가져왔다.

“아직 끝까지 가지는 못했습니다. 제 지금 전투능력으로는 갈 수 있는 곳이 거기까지라. 스펙을 올리고 사냥을 조금 더 해 그곳을 정복할 생각입니다.”

노다지의 결심!

평생 사냥 따위 게임에서 무슨 의미가 있겠느냐며 포기했던 그가 이토록 마음을 바꾸게 만들 만한 유적이 뭘까.

뭔지는 몰라도 한시민은 이해할 수 있었다.

“그 마음 잘 압니다. 돈을 벌기 위해, 가족을 먹여 살리기 위해 노력하는 그 모습 아주 바람직합니다.”

노다지의 노력은 곧 한시민에겐 돈으로 다가오니까. 지금도 무려 스페셜 아이템을 가져왔다지 않은가.

특히 노다지의 스페셜 아이템은 더 특별하다. 지금까지 그래 왔듯 해준다면 더할 나위 없이 좋은 아이템일 것이다.

아니, 좋은 건 부수적인 것이고 한시민에게 꼭 필요한 기능까지 갖추었을지도 모른다. 가령 아이템 드랍 확률처럼. 그렇게 생각하니 기대가 배가 됐다.

조심스럽게 광석을 내뻗은 노다지에게 손을 내민다.

"저 사장님 결제는……."

"확인하고 특별 보너스까지 챙겨드리겠습니다."

가벼운 저항 따위는 선심으로 눌러 버린 뒤 광석을 받아 든다.

그리고 바로 확인했다.

[특수 강화석]

* 등급: Special

침묵이 흘렀다.

한동안.

한시민은 그렇게 나쁜 사람만은 아니다. 비록 돈을 조금 좋아하긴 하지만 그래도 자기 사람들에겐 나름 잘하고 또 가치가 있는 아이템엔 그만한 가격을 가끔 쳐주기도 한다.

해서 이번에 특수 강화석을 가져온 노다지에게 꽤 많은 돈을 챙겨줬다.

"헉! 500만 원이나. 감사합니다."

"아니에요. 스페셜 아이템인데 아직 쓸모가 발견되지는 않았지만 잘 쳐 드려야죠. 그걸로 스펙 업 잘하시고 어서 유적 클리어하시길 바랄게요."

"네, 사장님. 물론입니다."

사실 스페셜이라는 등급과 비교하면 거저나 다름이 없다.

길 가다 주운 돌멩이라도 스페셜 등급이면 거래 사이트에 올렸을 때 수백만 원은 받을 수 있다는 말이 나올 정도인 게임이 아닌가.

물론 꽝일 확률도 높겠지만 어쨌든 후하게 쳐준 건 아니면서도 한시민의 기준으론 과한 보상.

이유만 잘 갖다 붙이면 더 싸게 해먹을 수도 있었지만 한시민은 일부러 그러지 않았다.

'노다지 님은 이제 우리 가족이야.'

아직 클리어되지도 않은 유적의 중간쯤에서 구해왔다고 했다. 그런 게 스페셜 등급이다.

그렇다면 전부 클리어하면?

게다가 아이템도 특수 강화석. 어쩌면 한시민과 관련이 있는 아이템들이 나올지도 모른다.

아주 당연한 투자. 손해 볼 것 없는 투자. 이미 돈이 넘쳐

나는 한시민에겐 기꺼이 내줄 수 있는 금액.

깔끔하게 송금한 금액을 잊고 특수 강화석을 들었다. 신기한 눈초리인 것은 스페셜리스트도 마찬가지였다.

“이건 대체 뭐 하는 데 쓰는 물건일까.”

“강화 효과가 더 좋게 만들어주는 거 아닐까?”

“한 번 강화에 3강씩 되지 않을까요?”

“15강 이상 강화가 되는 건?”

“헐! 대박. 오빠, 진짜 그러면 대박인데?”

자연스럽게 온갖 추측이 쏟아져 나왔다.

하나 확신할 수 있는 건 아무것도 없었다. 아이템 설명에 뭐라도 적혀 있었으면 그걸 토대로 유추라도 할 텐데 나와 있는 것이라고는 스페셜 등급이라는 것뿐.

내 맘대로 해석이야 얼마든 할 수 있지만 아이템 소유자가 된 한시민은 심혈을 기울여 고민 또 고민해야 했다. 단 하나뿐이니까.

더 구할 수 있다는 희망을 품되 기대하면 안 된다. 게임이 망할 때까지 더 이상 나오지 않는 아이템이라 생각하고 고민한다. 그래야 최대 효율을 뽑을 수 있는 방법이 떠오른다.

“흠.”

사실 그렇게 냉철하고자 하는 한시민도 머릿속에선 온갖 가정이 다 스쳐 지나갔다.

스페셜리스트가 제멋대로 내뱉는 말들 대부분도 끌리는 것들이고 무엇보다 15강으로 제한된 아이템을 그 이상으로 강화할 수 있게 만들어주는 아이템이라는 가정은 무엇보다 끌렸다. 만약 그렇게만 된다면.

'미쳤지.'

무엇을 16강 해야 할까.

고민하는 데만 또 몇 주의 시간을 보낼지 모르지만 만약 그게 된다면 강화할 수 있는 아이템은 많다.

한동안의 고민은 계속되었다. 그리고 이내 한시민이 자리에서 일어났다. 일어났을 때 그의 얼굴엔 더 이상 고민의 흔적이 보이지 않았다. 결심한 것이다.

모두의 기대가 집중된 가운데 한시민이 말했다.

"일단 강화부터 하고 보죠."

고민이 끝난 게 아니었다. 미뤄둔 것이었다.

강화석을 강화한다.

현실성이 넘치는 판타스틱 월드에서 얼마나 자유롭게 상상해야 더 많은 돈을 벌 수 있을까 하루 종일 고민하는 걸 망설이지 않던 한시민에겐 그리 어렵지 않은 발상이었다.

실제로 몇 번이나 생각해 봤으며 그랬을 경우 어떤 효과를 얻을 수 있을지에 대한 계산도 해보았다. 하나 실행으로 옮긴 적은 없다. 이유는 단순했다.

“돈 아까워.”

개당 1골드.

강화 비용이야 직접 하는 거니 제외한다고 쳐도 한 번 망치를 내려치는데 15만 원이다.

시세가 낮았을 때를 가정해도 대략 12만 원이니 그걸 강화석에 더해 다른 아이템을 강화한다?

최대한 양보한다 해도 너무 효율이 떨어진다. 강화석 +1이 두 배의 효과를 내야 본전이다. 그런데 그게 안 되니 할 필요가 없다.

한데 지금은 상황이 달라졌다.

특수 강화석. 무려 스페셜 등급의 아이템.

세상에 하나뿐일지도 모르는 강화석을 그냥 쓴다?

“일단 15강 하면 뭐든 좋아지겠지.”

판타스틱 월드에서 아이템 등급은 곧 성장 기대치다. 이 아이템이 얼마만큼의 효과를 낼 수 있는지에 대한 한곗값.

당연히 스페셜 등급의 강화석엔 강화를 해도 아깝지 않으리란 기대가 심겨 있다.

물론 꼭 그러리라는 보장은 없다. 확신도 없고. 하지만 잃어도 괜찮을 만큼 투자해 볼 가치가 있는 아이템이다.

무엇보다 얼마 전 또 한 번의 각성을 통해 강화 범위가 늘었지 않은가. 당시엔 그냥 웃지도 않고 별생각 없이 넘어갔지만 특수 강화석을 들고 보니 조금 설렜다.

'어쩌면.'

언젠가 꿈꾸었던 신체 강화도 되지 않을까.

무한한 상상의 나래는 한시민으로 하여금 돈 쓰는 데 망설임을 지워 버렸다.

모루 위에 올라간 특수 강화석 위로 강화석들이 쏟아져 내렸다.

6

1강에 필요한 강화석 1개.

더해지는 제물용 강화석 10개.

2강에 20개.

3강에 40개.

호기롭게 시작했던 한시민의 강화는 회차를 거듭할수록 더뎌졌다.

"아니, 오빠. 2만 개나 훔쳐와 놓고 뭘 그렇게 망설여? 내가 대신 쳐 주고 싶네."

"이렇게 늘어나면 15강 하지도 못하고 강화석 떨어진다."

"에이, 설마 계속 2배로 늘겠어?"

4강을 아직 하지는 않았지만 징조가 불길하다. 20개씩 늘면 속이 쓰리기야 하겠지만 할 만한데 정말 2배씩 증가하면 10강이 넘어선 순간 한 번 제물에 강화석 만 개 단위가 들어가는 일이 벌어지니.

설마 그러리란 생각까진 들지 않았기에 호흡을 가다듬고 망치를 내려쳤다.

성공하는 빛, 그리고 안도의 한숨.

"휴."

"왜, 왜? 어떻게 됐어?"

"2배는 아니네."

60개.

결코 적은 숫자는 아니다. 하나 80개가 되는 것보다는 낫다. 언제나 비교는 상대적인 것이니까.

애초에 특수 강화석을 강화할 생각을 하지 않았다면 모를까 이미 두드려 버린 마당에 포기란 있을 수 없는 단어.

독한 마음을 먹는다.

'뭔가 있겠지.'

세뇌하고 또 세뇌한다. 그러길 바란다. 베타고에게 기도한다.

뭐든 일단 최고의 준비를 마친 상태에서 도전해야 한다. 신체 강화든 16강 도전이든. 한 번 내려치면 돌이킬 수 없으니까.

"후, 역시 이런 부담감은 혼자 짊어지는 게 아니지."

기대와 긴장. 불안과 초조가 섞인 상황에서도 한시민의 머리는 빠르게 굴렀다. 언제 어디서나 손해 보는 짓은 하지 않는 그가 방송을 켰다.

"여러분, 사과의 말씀을 먼저 올립니다."

화면에 비친 한시민의 모습은 그 어느 때보다 진지했다.

–????????

–무슨 일임?

–오늘 막방?

당연히 시청자들은 걱정이 앞섰다. 갑자기 뜬금없이 이런 말이라니. 평소 소통이라곤 눈곱만치도 없었던 사람의 말이라 더 불안했다.

비록 10만 원이라는 날강도 가격으로 시청자들을 후려쳐 왔지만 그만큼의 재미를 보장하는 방송은 쉽게 찾기 힘들기에 더더욱 그랬다.

시청자들의 머릿속에서 한시민 방송이 없을 때의 상황들이 그려지며 다들 만류했다.

–가지 말자.

–가끔이라도 켜자. 무슨 일인지 몰라도.

심지어는 풍선이 터지기 시작했다. 하나 한시민의 표정은 풀리지 않았다.

"네, 방송을 접진 않습니다. 그저 공지드릴 게 있어서 그렇습니다. 사실 전 지금까지 취미로, 돈보다 시청자분들의 재미를 위해 방송해 왔습니다."

그리고 이어지는 본론!

–???????????????????

–뭐라고?

–잘못 들은 건가?

거짓말처럼 도배되는 물음표의 물결.

잘못 들었는지에 대한 걱정은 순식간에 사라졌다. 모든 시청자가, 단 한 명도 빼놓지 않고 인정할 수 없는 말이었으니까.

하지만 한시민은 꿋꿋이 이어갔다.

“한데 요즘 조금 힘듭니다. 방송을 위한 콘텐츠를 만들긴 해야겠고, 그러자니 돈이 필요한데 제가 게임만 하는 백수라 마땅한 고정 수입처도 없고, 기껏해야 방송을 통해 들어오는 수입과 광고 비용인데 역시 월세에, 식비에, 적금에, 저금에 이것저것 하면 빠듯하네요. 그런 상황에서 지금과 같은 강화 방송을 하려면 사실상 빚을 내도 이상할 게 없습니다.”

–야, 이 구라 치지 마라. 한 번 방송에 몇억씩 벌잖아.
–이런 양심도 없는 놈!

[……님이 강퇴당했습니다.]

슬픈 표정으로 말하면서도 어김없이 진행되는 숙청.

“그래서 결심했습니다. 시청자분들께 도망치는 모습을 보여드릴 수는 없으니 아주 조금만 돈에 욕심을 내기로요. 그렇다고 그 부담을 시청자분들께 씌우지는 않겠습니다. 지금까지처럼 저렴하게 제 방송을 시청해 주시면 됩니다. 현금 아이템 또한 쏴주시지 않으셔도 돼요. 다만! 시청자분들의 시간을 조금만 더 빼앗겠습니다. 단 1분, 들어오는데 귀찮으시더라도 조금만 양해해 주시면 감사하겠습니다.”

그리고 내뱉는 진심.

“정말 감사합니다. 그럼 강화 이어서 진행하겠습니다.”

–???? 누가 허락했냐?

–누구한테 감사하는 거? 난 아직 허락 안 한 거 같은데.

–그러니까 결국 광고 몇 개 더 넣는다는 거 아니냐? 지금도 많은 거 같은데.

–양심이 있는지 궁금하긴 하지만 돈 쓰는 거 보면 광고 한두 개 더 넣어야 할 거 같기도 하다. 저거 하나에 1골드짜리라는데.

어쨌든 시청자들의 의견은 어김없이 무시당했다. 일방적인 통보와 함께 손해를 방송으로 메운 한시민의 입가에 근심이 한결 덜어졌다.

7

변한 건 없었다. 여전히 방송을 위한 입장 금액은 10만 원이었다. 다만 방송 시간이 조금 길어졌달까.

–자고 왔는데 아직도 방송하고 있네?

–지금 9강임.

–이건 조금 오래 걸리나 봄.

—그런데 이거 24시간 기준으로 결제 한 번씩 더해야 한다는데. 맞음?

—ㅇㅇ. 1시간 뒤면 재결제임.

평소 한 시간에서 두 시간 대충 때우다 수금만 하고 끄던 때와는 사뭇 다른 분위기!

얼마나 시청자들에게 미안함을 가지고 있는지에 대한 모습이 보이는 것 같아 시청자들도 나름 이해하는 쪽으로 이야기가 흘러갔다.

—그래도 방송 열심히 하네.

—사실 광고 한두 개 더 받는 거야 그렇게 미안해할 필요는 없는데.

—내릴 거면 가격이나 좀 내려주지. 그러면 광고 열 개 더 보는 것도 상관없는데.

—너무 무리하는 거 아니냐.

동정! 연민!

원래 이렇게 하던 사람이었으면 사람들은 당연하게 받아들였을 것이다.

하지만 창렬의 대명사인 한시민이 이러자 불안한 것!

—뭐지, 이 불길함은. 이렇게 방송을 오래 할 리가.

—그래도 지금 강화하는 건 오래 할 만한 거 맞잖아요.

—그렇긴 한데.

—컨텐츠 잘 뽑아서 박제해 돈 벌려나 보죠. 요즘 궁하다니까.

여러 이야기가 오갔지만 그래도 결론은 하나였다.

PJ가 변했다! 그래도 조금의 양심은 생겼구나.

시간 날 때마다 광고 트는 건 여전하지만 그래도 한시민의 방송이 언제 켜지나 기다리고 다시 보기를 통해 시간을 보내고 그걸 보는 재미로 살아가는 사람들에게 있어선 그리 큰 문제가 아니었다. 본다는 게 중요하니까.

그렇게 24시간이 지났다.

한시민이 방송을 시작한 이래 최초의 24시간 방송!

—잠도 안 자냐?

—와, 아직도 하고 있네. 뭐 하는데 이래 오래 걸림?

—10강인데 진심 시간 가는 줄 몰랐다. 한 번 강화할 때마다 구해야 할 게 장난 아니게 많네.

—강화 방송인지 사냥 방송인지 모르겠음.

그만큼 특수 강화석을 강화하는 데 필요한 것은 많았고 한시민의 끈기는 그대로 방송을 통해 내보내졌다.

—독종이다, 진짜.

—게임을 이렇게 할 수 있나?

—가능이야 하죠. 캡슐 좋은 건 가수면 상태로 플레이 가능하게 하니까. 며칠 정도 로그아웃 안 해도 될걸요? 그걸 유저가 받아들일 수 있느냐의 문제지만.

—나도 판월 하는데 24시간은 못 하겠던데. 게임 안에서도 졸린데 어떻게 버티지?

—그러니 저 정도 되는 겁니다.

원래 사람들은 함께 있을수록 서로에 대해 몰랐던 부분을 알아간다. 시청자들도 단순히 한시민이 그저 운이 좋은 강화방송 유저라고만 생각했던 부분들을 이번 방송을 통해 고쳐나가고 있었다.

딱 24시간이 될 때까지만.

—재결제다. 하고 옴.

—끝까지 함께 가 보자.

하나둘 빠져나가는 시청자들. 그리고 그들은 돌아오지 않았다.

—?????? 뭐야. 다 어디 감. 나도 결제하고 와야겠다.

—결제하러 갔다가 다 뻗었냐. 시청자 수는 그대론데 왜 채팅이 없냐.

소름이 돋을 정도의 기현상에 방송을 보고 있던 시청자들의 잠이 달아났다.

그럼에도 한동안 재결제를 하러 갔던 유저들은 돌아올 생각을 하지 않았다.

무슨 문제가 있나.

어디 물어볼 데도 없어 답답한 가운데.

대략 10여 분이 지난 뒤 침묵을 깨는 산증인이 나타났다.

—시바. 시바 것. 노이로제 걸릴 것 같다.

—왜요, 뭐임. 자다 왔음?

—자긴 개뿔. 시댕. 재결제하고 광고 보다 왔음.

—????????

—저 거머리 같은 놈이 왜 그렇게 사과했는지 이제야 알겠네. 어휴.

그건 시작이었다. 줄줄이 재결제하고 나타난 사람들의 불평불만으로 채팅창은 도배됐다.

—미친. 광고를 몇 개나 더 붙인 거냐.

한시민의 친절엔 언제나 이유가 있었다.

⑧

페이가 많은 순, 계약 기간이 긴 순으로 딱 20개만 더 붙인 한시민의 표정은 그리 밝지 못했다.

돈은 분명 많이 들어왔다. 공짜로 얻은 강화석들을 소비한 만큼의 양보다 더 많은 돈을 벌었을지도 모를 만큼.

하나 그에 대한 대가로 시간을 지불하기로 했다.

"죽을 것 같다."

"오빠, 조금만 더 힘내. 이제 13강이야."

"좀 자고 올까?"

"15강 할 때까지 방송하기로 했잖아."

"이렇게 오래 걸릴 줄 몰랐지."

사실 별생각은 없었다. 갑작스레 많은 광고를 붙이게 되면 안 그래도 비싼 돈을 내고 보는 시청자들의 불만이 생길 테고 나름 배짱 방송을 하는 한시민이라 할지언정 시청자 수의 감소는 어느 정도 감수해야 하는 상황이 벌어질 것이다.

해서 그걸 최대한 막아보고자 내뱉은 말이다.

시청자들이 도와주면 나도 그에 맞게 열심히 방송하겠다.

그 첫걸음으로 시작한 게 특수 강화석 방송이다.

방제도 '켠 김에 15강'.

대가를 내걸고 한 약속이니 당연히 지켜야 한다. 하지만 어려우리란 생각은 않았다. 지금껏 15강 하는 데 이렇게 오래 걸린 아이템은 없었으니까.

있다 해도 스트레이트로 이렇게 사흘 밤을 새운 적은 없었다. 아무리 한시민이라 한들 며칠 밤을 새우는 게 어디 쉬운 일일까.

게다가 자기가 원해서 하는 것도 아니다.

한시민은 자고 일어나서 하고 싶다. 한데 시청자들은 끝까지 따라오고 있다.

불평불만으로 도배되면서도 재미있게 봐주고 있는 사람들도 많은데 여기서 약속을 어기고 도망친다?

의리고 나발이고 수익의 추락이다.

한 푼이라도 더 벌겠다고 발버둥 치는 한시민에겐 절대 있어선 안 될 최악의 스토리.

몽롱해지는 정신을 부여잡았다.

"한다면 한다."

어쩌면 인과응보다.

소모되는 돈을 시청자들에게서 뜯어낼 생각을 않고 황제나 다른 NPC의 삥을 뜯었다면 이런 일은 벌어지지 않았다.

그도 잘 안다. 다만 이번이 분기점이었을 뿐이다.

'언제까지 광고 몇 개만으로 먹고살 수는 없지. 내가 취미로 방송하는 사람도 아니고.'

새로운 길을 개척하는 기로!

조금 힘든 것 따위는 참아낼 수 있다. 그렇게 3일 밤을 더 새웠다.

무슨 게임이든 몇 날 며칠을 잠조차 줄여가며 플레이해 목표를 앞둔 사람이라면 그 기분을 안다.

저도 모르게 자고 있는 상황 속에서도 손가락은 움직이며 조금만 더 참자고, 이거만 하면 바로 잘 수 있다고 끝없이 세뇌하다가도 목표를 이루면 사라지는 피곤을.

여전히 머리는 몽롱하고 몸은 수면을 원하지만 목표를 달성한 순간 성취감에 일시적으로 해방된다.

한시민 역시 마찬가지다.

"해냈다."

어느 순간부터 들어가는 강화석이나 온갖 재료들에 연연하지 않게 되었다.

어차피 광고를 넣는 순간부터, 아니, 애초에 황실에서 강화석을 뜯어온 순간부터 손해는 없었다.

그동안 해온 움직임은 전부 이익을 내기 위함이었는데 정신을 놓고부터는 그런 걸 따질 겨를이 없었으니 당연한 움직임들.

가지고 있는 건 아낌없이 털어 넣고 필요한 건 몬스터들을 사냥해 얻어냈다.

그 과정에서 흑마법사도 만나고 감당하기 힘든 몬스터들도 만났지만 돈을 아끼지 않는 한시민을 막아낼 수 있는 자는 없었다.

"독하다, 독해."

"시민 씨, 좀 자고 오세요."

"1주일을 새운 거냐."

게임 폐인 인생으로는 손가락에 꼽을 스페셜리스트마저 혀를 찰 정도.

그들도 함께하다 중간부터는 정상적인 사이클로 그들이 할 일을 하며 방송을 지켜볼 뿐이었다.

"후."

어찌 됐든 목표를 달성한 한시민이 깊은 숨을 들이켰다.

내 몸이 내 몸이 아닌 것 같은 느낌. 그러나 온몸을 가득 채우는 성취감.

5일째부턴 가수면 상태가 아니라 수면 상태로 전환해 게임 싱크로율이 60% 이하로 떨어졌지만 덕분에 여기까지 올 수 있었다.

이제 남은 건 수면.

"오늘은 여기까지 하겠습니다."

—ㅅㄱ

—고생하셨습니다.

—와, 진짜 대단하다.

반은 자고 있는 시청자들도 10여 분의 광고에 대한 분노를 잊고 모두 고생했다는 말과 함께 퇴장했다.

동시에 한시민도 스페셜리스트에게 손을 흔들었다.

"자면서 생각 좀 하고 올게요. 어디에 쓸지."

로그아웃하는 한시민을 보며 스페셜리스트가 혀를 찼다.

"자면서까지 게임 생각을 한다니."

"독하다, 독해."

"우리가 그런 말을 할 처지는 아닌데. 그래도 대단하다."

"진짜 16강 나오면 어떻게 하지?"

"만약 축복의 반지가 16강이 되면?"

"……진짜 100 찍을지도 모르겠다."

그러면서 그들도 꿈을 꾸었다.

9

리치 영지 VVIP 회원권 출시는 어찌 보면 아주 훌륭한 타이밍에 영리하게 발매되었다. 반기를 기준으로 선정한다고 했지만 해당 시점으로부터가 아니라 1년을 반으로 쪼개는 것이었으니까.

현재 판타스틱 월드 날짜 개념으로는 후반기까지 남은 시간이 대략 한 달도 안 남은 상태라는 뜻.

당연히 전반기에 선정된 이들의 불만이 많을 수밖에 없지만 그 부분에 대해선 적당한 보상과 함께 넘어가는 듯했다.

그와 함께 주목받는 건 역시 후반기. 누가 VIP를 딸 것인가.

NPC뿐 아니라 유저들도 모인 상황에서 경쟁은 과열됐다. 남은 시간은 이제 2주도 안 된다. 마일리지를 쌓으며 동시에 실적도 올려야 하니 리치 영지는 날이 다르게 매출이 급상승했다.

아예 영지 자체에서 단체로 놀러 오는 경우도 있고 유저 같은 경우엔 현실에서 운용 가능한 현금을 모조리 끌어다 투자하는 경우도 없잖아 있었다.

특히 그를 위해 인증된 이들을 상대로 후불이나 대출 시스템까지 만들어 놓은 한시민의 선택은 더더욱 빛을 발했다.

어차피 모로 가도 돈만 받으면 된다. 어떻게든 돈지랄의 정점에 서고 싶은 사람들을 위해 그 정도의 시스템도 만들어 놓지 않으면 돈을 벌 준비가 되어 있지 않은 것!

한시민이 특수 강화석을 강화하는 동안에도 사람들은 끝없이 몰려들었다. 그리 넓디넓은 리치 영지가 정말 발 디딜 틈도 없을 정도로 바글거렸다. 갈 생각이 없던 사람들도 퍼지는 소문에 호기심이 생길 정도.

VIP를 딸 생각은커녕 판타스틱 월드를 접하지도 않던 부자들도 자존심에 참여해 볼까 마음을 먹을 정도로 화제가 되었다.

그 가운데 켄지가 빠질 순 없었다.

"이번에는 꼭."

한시민에게 엿을 한 방 먹이리라!

지금껏 도움을 핑계로 뜯긴 돈만 생각하면 이가 갈린다. 물론 덕분에 영지도 얻고 리치 영지만큼은 아니지만 어느 정도 영지의 구색까지는 맞춰놓았지만 매일 잘 때마다 그때가 떠올라 잠을 설치는 것만 생각하면 얼른 악몽을 떨쳐 버려야 한다.

해서 왔다. 그가 영지에 밑 빠진 독에 들이붓던 돈을 생각하면 VIP 회원권 정도야 쉬우리라.

'그 정도론 안 돼.'

하지만 켄지는 거기서 멈출 생각이 없었다.

VIP를 넘어 VVIP까지. 무슨 혜택이 있을지 아직 상상조차 가지 않는 그 영역.

내가 가 보리라.

가서 볼 것이다. 똥 씹은 한시민의 표정을.

그리고 당당하게 부려먹어 주리라!

지금껏 당하기만 하느라 호구처럼만 보이던 켄지의 위엄이 한시민이 없는 리치 영지에서 드러나기 시작했다.

수많은 부자를 뚫고.

10

한시민이 깊은 숙면에서 깨어나 리치 영지로 돌아왔을 땐 그 인기를 충분히 실감할 만큼 과열된 상황이었다.

"와."

감탄이 절로 나온다. 평소보다 몇 배는 많은 사람. 그냥 돌아다니는 것도 아니라 이런저런 테마파크를 즐기기에 바빠 보였다.

한시민이 제일 싫어하는 윈도우 쇼핑족이 보이지 않는 세상이라니!

가슴이 절로 두근거렸다.

발걸음이 영주 성으로 향했다. 보좌관은 자랑스럽게 한시민을 맞이했다. 입꼬리가 꿈틀거리는 게 한눈에 봐도 자랑하고 싶은 일이 한가득이라는 게 티가 날 정도!

어서 날 칭찬해 주세요. 내가 이렇게 잘 해냈습니다!

그런 희망을 안고 보좌관이 말을 꺼내려 했다.

"얼마?"

"……네?"

"이번 달엔 돈 좀 들어올까요?"

한시민이 말만 꺼내지 않았다면 분명 꺼냈을 것이다.

하지만 한시민에게 있어 그런 낯 뜨거운 인사치레는 사치!

그의 통장으로 입금되는 돈이라면 모를까 아직 그 행방에 대해 확신하지 못하는 상황에서 돈도 안 되는 칭찬 따위는 하지 않는다.

말 속에 담긴 숨은 의미를 알아챈 보좌관의 표정이 한순간 어두워졌다.

"죄송합니다, 영주님."

"……그렇군요."

"아쉽게도 수입은 3배 정도였습니다. 앞으로 그보다 더 많이 될 것이라 예상되지만 현재 리치 카지노 설립 과정에서 들어가는 비용이 워낙 많아……."

"하긴, 그렇긴 하죠."

"대신 영주님께 실망시켜 드리지 않도록 최선을 다해 리치 영지보다 화려하고 안전하게 짓고 있습니다."

"네네, 그렇겠죠. 그래야죠."

그거라도 잘돼야 내 쓰린 속이 덜 아플 테니까.

살짝 의심의 눈초리로 보좌관을 훑었지만 이내 눈빛을 거둬들였다.

워낙 노골적이라 보좌관도 움찔했지만 한시민은 당당했다. 합리적인 의심이다. 그리고 투자자로서 항상 가져야 할 마음가짐이고.

돈거래에 인정이고 나발이고 어디 있겠는가!

가족 간에도 채권자의 마음으로 항상 감시해야 하는 게 돈거래다.

만에 하나 보좌관 이 돼지가 마음먹고 빼돌리기라도 한다면 그 금액은 감히 상상할 수 없을 정도일 것이며 그걸 아는 날에는 한시민은 아마 배가 아파 복통사할 것이다.

'그럴 일은 없겠지만.'

물론 믿긴 한다. 인간 자체를 믿는 건 아니지만 보좌관은 믿는다.

지금까지의 행적을 보면 그렇다. 오로지 영지만을 위해 일하는 사람. 영지의 발전을 위해선 한시민의 돈이고 뭐고 그냥 막 가져다 쓴다. 망설임이 없다는 게 문제지만 오히려 그래서 더 믿을 수 있다.

그런 사람은 다른 데 쓰는 돈을 아까워한다.

"그럼 믿고 가겠습니다."

"예, 영주님. 저만 믿고 봐주십시오. 혹여 추가적인 위험이 있지는 않을까 항상 영지 방어에 총력을 기하고 있습니다."

"네, 그래야죠. 20만 골드짜리 성역도 설치됐는데 뚫리면 나가 뒈져야죠."

"……예?"

"아, 아니에요."

어쨌든 훈훈하게 대화를 마무리하고 나섰다. 여기서 더 이야기를 해봤자 한시민의 속만 쓰리다.

'성역에 들어간 금액을 듣는 게 아니었는데.'

이미 쓰린 속은 어쩔 수 없다.

앞으로도 계속 비수가 되어 콕콕 쑤셔오겠지.

한숨이 절로 나왔다.

그 돈이면…….

그와 함께 영지의 대략적인 수입마저 들으니 더 큰 고통이다.

그래도 언젠가는 내 주머니에 들어오겠지.

희망을 품고 성역을 향해 걸음을 옮겼다.

"이왕 가져온 건데 내다 버릴 수는 없으니 좀 더 가치나 올려놓자."

뭣하면 더 비싸게 가져다가 팔면 그만이니까.

성역 강화는 8강까지가 한계였다.

"어디 들어서 옮길 수도 없고."

가만히 박혀 있는 것에 강화하는 건 하늘에서 별 따는 것보다 어렵다.

천하의 한시민이라 한들 명당의 효과를 보지 못하는 곳에선 그냥 평범한 사람들과 다를 게 없으니까.

아니, 오히려 확률적인 부분에 있어 한시민은 운이 없는 편에 속한다.

당연히 100%가 아닌 곳에 돈을 쓰지 않는다.

어차피 그가 구입한 것도 아니고 그의 영지를 위해 쓰이지만 딱히 한시민이 직접적으로 영향을 받는 부분은 없는 터라 미련을 버리고 깔끔하게 나왔다.

흑마법사들의 저주야 강화하지 않았을 때도 잘 막았으니

굳이 15강까지 할 필요는 없겠지.

깔끔한 포기와 더불어 당도하는 새로운 문제. 지금까지 고생했던 이유.

"이걸 어디다 쓰냐."

특수 강화석 15강!

다시금 깊은 고민이 머리를 아프게 했다.

11

사실 켄지는 자신의 처지에 대해 잘 알고 있다. 모르면 이상한 것이다. 현실에서 그도 수많은 사람을 상대로 많은 이윤을 내는 사람이니까.

'나는 호구다.'

그렇기에 더 자존심 상하는 것일 수도 있다. 현실에서는 안 그런데 게임에서만 이러니까.

아니, 게임에서도 그렇지 않았다. 나름 거대한 길드를 이끄는 길드 마스터인 그다.

과거엔 길드원 전원이 그가 고용한 유저였지만, 이제는 NPC들도 길드에 받고 판타스틱 월드를 플레이하는 유저들 중에서 선별하여 인원을 충당할 정도로 그럴듯한 모양새를 갖추는 상황이었으니까.

하루에도 몇 번씩 길드 합병을 문의하는 쪽지가 날아오고 또 꾸준한 사냥을 통해 얻는 아이템들을 팔 땐 항상 이익을 보는 쪽으로 거래를 이끌고 있다.

다만 한시민과의 거래에서만 호구가 될 뿐이다. 모르면서 당하는 것보다 알면서 당하는 게 더 바보 같은 짓. 하나 어쩔 수 없다는 사실 또한 누구보다 잘 알고 있다.

'지금은 참는다.'

경영학에서 가장 먼저 배우는 수요와 공급.

켄지에게 필요한 물건의 유일한 공급자인 한시민이기에 호구가 될 수밖에 없다.

하다못해 상대가 무언가 부족하다거나 하면 배짱이라도 부리면서 흥정이라도 할 텐데 상대는 거래에 있어 산전수전 다 겪어본 듯 조금의 흔들림도 보이지 않는 베테랑!

괜히 앞으로의 관계를 악화시키기보다 그나마 덜 손해 입는 선에서 정리하는 편이 좋다.

물론 이렇게 당할 수만도 없다.

해서 켄지는 마음먹었다.

"이왕 호구가 될 거면 대접받는 호구가 돼야겠습니다."

"예?"

다른 사람들은 이해하지 못하는 말.

하지만 켄지는 설명 대신 실천으로 옮겼다. 기회야 생각보다 빨리 알아서 찾아왔기에.

"리치 영지 VVIP 멤버십 회원이 돼 시민의 특급 호구가 될 겁니다."

"……길마님?"

"그리고 누리겠습니다. 그 사람의 모든 걸. 스페셜리스트가 누렸던 혜택들을, 더 많이. 상상했던 것보다 많은 돈을 쏟으면 결국 갑이지만 조심스럽게 대할 수밖에 없으니까요."

"아아!"

뛰는 한시민 위에 나는 켄지 있다!

켄지는 비록 당하면서도 쉽게 당해줄 생각이 없었다. 지금까지야 기회가 없었지만 이제는 아니다.

일대일 거래가 아닌, 대다수를 상대로 펼쳐 놓은 그물에서 마음껏 활개를 쳐 주마.

자타공인 호구가 힘을 냈다.

한시민이 가장 먼저 생각한 건 역시 무기다.

전설의 망치. 전설의 레전드 강화사인 스승이 남긴 유품. 그리고 레전더리 아이템.

만약 15강에서 단 하나의 아이템을 16강으로 올릴 수 있다면 당연히 이걸 해야 한다.

축복의 반지도 끌리긴 했지만 그건 어디까지나 한시민이 효과를 받을 수 없는, 오로지 부수입용이기에 1순위에 오르긴 힘들다.

"흠."

그렇기에 모루 위에 전설의 망치를 올렸다. 되기만 한다면야 사실 망설일 필요가 없다.

강화하는 데 든 비용과 시간은 제법 있었지만 특수 강화석을 구하는 데엔 고작 500만 원밖에 들지 않았으니까.

결코 작은 돈은 아니지만 지금의 한시민에겐 또 큰돈이 아니기도 하다.

"되긴 할까."

문제는 그거다. 원하는 대로 과연 될까. 특수 강화석이 무엇이고 어디에 쓰이는지조차 모르는 상황에서 무턱대고 강화를 해도 괜찮은 걸까.

만약 실패한다 하더라도, 16강이라는 개념이 아직 없다거나 특수 강화석이 그런 곳에 쓰는 게 아니라도 다시 돌아만 온다면 상관은 없다.

그러면 얼마든지 실험해 볼 수 있다.

하지만 아니라면?

강화했는데, 특수 강화석이 사라졌는데 아무런 변화가 없다면?

"……."

게임이라면 말도 안 되는 일이다.

판타스틱 월드가 아닌 다른 게임에서 그런 일이 벌어졌으면 곧바로 게임사 소송까지도 이어졌으리라.

최소 2천만 원이 넘는 돈이 투자된 아이템이니까.

하지만 여긴 아니다. 현실감이 넘쳐 또 다른 세상이 되어버린 판타스틱 월드에선 무슨 일이 일어나도 이상하지 않다.

모든 행동에 대한 책임은 본인이 져야 한다.

신중, 또 신중.

그렇게 한동안 갈등했다. 그러다 이내 결정을 내렸다.

"그래, 인생 뭐 있냐. 없어지면 없어지는 대로 사는 거지."

그냥 1주일 날렸다고 생각하면 된다.

거기에 투자된 강화석과 500만 원은 비록 '그 돈으로 무엇을 할 수 있었을 텐데'라고 몇 달을 졸졸 쫓아다니며 한시민을 괴롭게 하겠지만 뭐, 괜찮다. 버틸 수 있다. 또 그런 아쉬움을 감내할 만큼 가치 있는 아이템이지 않은가.

[+15 전설의 망치]

*등급: Legendary

*착용 제한: 전설의 레전드 강화사

*공격력: 400(+4,000)(5차 봉인 해제)

*옵션 1: 강화 확률 상승 +5%(+20%)(5차 봉인 해제)

*옵션 2: 공격력+80(+800)(5차 봉인 해제)

*옵션 3: 강화 성공 시 일정 확률로 강화 효과 상승 +20%(+40%)(5차 봉인 해제)

*옵션 4: '짙은 황금 오라' 효과 적용

–강화 시 마나 소모 감소 −30%

–방어력 +100

*특수 옵션 1: 봉인

*특수 옵션 2: 봉인

"암, 할 만하지."

과연 전설이라는 이름이 붙을 정도로 각성할 때마다 오르는 공격력이 괴랄하다. 거기에 더해지는 한시민의 능력으로 인해 그냥 행성 파괴 무기가 된 망치.

강화하다 모루 위의 아이템을 부숴도 이상하지 않을 공격력은 강화로 인해 어이없을 정도로 뻥튀기되어 있다.

여기서 16강이 되면?

"최소 2배로 잡으면……."

어쩌면 카르디안을 놓아주고 일대일로 맞짱 한번 뜨자고 당차게 외쳐 볼 수도 있을지도 모른다.

침이 절로 삼켜졌다. 당장 오늘을 위해 13강이었던 망치를 부랴부랴 강화한 게 후회될 정도다.

그리고 동시에 설렜다.

실패하더라도 괜찮을지도 모르겠구나. 그냥 이거 들고 어디 가서 분풀이해도 충분히 16강 망치라고 위안 삼을 수 있겠구나.

망치를 들고 느껴본다.

명당이 있을까. 16강으로 향하는 명당.

특수 강화석과 망치를 한 손씩 든 손이 떨려온다.

숨을 들이켜고 정신을 집중한다.

주변엔 없다.

더 멀리, 집중해 본다.

그래도 없다.

"……."

거기서 더 멀리는?

아쉽게도 느껴지지 않는다. 초조해지는 마음에 빼액이를 변신시키고 그대로 잡고 올라탄다.

"어?"

그러다 느꼈다. 무언가 느껴졌다. 아주 강하게.

설레는 마음에 자리를 잡고 앉아 다시 정신을 집중했다.

"……?"

하지만 느껴지지 않았다.

뭐지? 분명 느꼈는데.

기억을 더듬는 동시에 행동 또한 더듬어 본다.

무슨 차이지. 다시금 내려가며 빼액이를 잡는 순간.

"……."

차이를 느꼈다.

한시민의 시선이 빼액이를 향했다.

"너니?"

"빼애액?"

"……설마."

의심스러운 눈빛은 한동안 풀릴 생각을 않았다.

Episode 41.

훈제금치킨

1

"빼애액?"

어색한 침묵이 맴돌았다. 의아한 빼액이의 시선을 애써 회피하며 다시 한번 확인한다.

"……맞네."

하나 그의 감은 그가 예측한 게 틀리지 않다 말해주고 있었다.

얘다. 특수 강화석으로 강화할 수 있는 애는.

잠시 만감이 교차한다. 사실 긴가민가하면서도 망치를 강화할 수 있었으면 좋겠다고 내심 생각하고 확신하고 있었다. 그런 상황에서 뜬금없이 빼액이라니.

전혀 예상치도 못한 전개다. 아니, 애초에 강화 대상에 빼액이는 포함되어 있지도 않았다.

당연하다. 누구라도 그랬을 것이다.

아무리 현실적인 게임이면서 동시에 판타지적 요소가 가득한 게임이라 한들 지금까지의 패턴으로 보아 살아 있는 무언가를 강화한다는 건 말도 안 되는 일이기 때문.

예전에 한 번쯤 상상해 보고 실천으로 옮겼을 때도 안 되지 않았던가.

"……혹시?"

그러다 문득 하나의 가설이 떠올랐다.

그 전과 지금의 차이점. 안 되었던 때와 되는 지금의 확연한 변화.

"5차 각성 때문인가?"

자연스럽게 가장 먼저 그게 떠오를 수밖에 없다.

매번 각성할 때마다 뜨는 홀로그램은 언제나 한결같이 강화의 범위가 증가했다는 것만 말해줄 뿐이지 어디가 어떻게 얼마만큼 구체적으로 늘었다는 건 전혀 언급해 주지 않았으니까.

"……."

그렇다면?

그게 중요한 게 아니다. 되면 좋은 거다. 언제나 그렇듯 무엇이든 쓸 수 있는 범위가 늘어난다는 건 곧 돈을 벌 수 있는 시장 또한 넓어진다는 뜻이니까.

빠르게 받아들이고 생각한다. 한시민은 그런 면에선 세상 그 누구보다 앞서 있다.

갑자기 빼액이가 사실은 드래곤이 아니라 그의 아버지가 플레이하던 캐릭터라 할지언정 그 상황 속에서 인정하고 그를 이용할 준비가 되어 있다.

그런 그가 곧장 빼액이에게서 손을 떼고 자신의 몸을 더듬었다. 특수 강화석과 함께.

"제발."

살아 있는 생명체가 강화된다는 점은 깜짝 놀랄 만한 일이지만 동시에 환영할 만한 일이다.

강화라는 건 본디 함께 % 비율로 전력 상승이 따라오게 되어 있으니까.

만약 아이템과 같은 비율로 상승한다면. 저 강화 구간에서의 효율이 그리 좋지는 않겠지만 하나둘 단계를 올려 나갈 때마다 정말 다른 유저들과는 비교조차 할 수 없는 성장을 보일 수 있을 것이다.

아니, 굳이 유저와 비교할 것도 없다.

NPC들과 비교해도 어깨를 나란히 할 수 있을 것이며 이미 수십 년을 대륙에서 살아온 자들과 당장 몇 년 뒤 비교해도 손색이 없을 정도로, 혹은 그보다 더 높은 경지까지 오를 수 있는 발판이 마련되는 셈.

이를테면 잠재력이다. 레벨이 오르면서 오르는 스텟에 더해지는 % 비율의 강화 횟수.

다른 이들은 갖지 못하는 태생의 힘을 갖게 된다.

그게 의미하는 바가 얼마나 큰지에 대해선 게임을 조금이라도 플레이해 본 유저라면 뼈저리게 느끼리라.

특히 PC 게임에서 남들보다 스텟 1, 2 더 많이 갖고 시작하기 위해 현금을 투자하길 아까워하지 않던 유저라면 더더욱.

그렇기에 기대가 될 수밖에 없지 않은가.

"……."

하나 아쉽게도 그의 몸은 기대에 부응하지 못했다. 아무리 더듬고 더듬어도 반응이 오지 않는다. 깊숙하고 은밀한 곳까지 하나도 빠짐없이 더듬어 보았음에도.

"하아."

역시. 베타고가 이렇게 쉽게 축복을 줄 리가 없지.

반쯤 기대뿐인 희망이었지만 아쉬운 건 아쉬운 거다.

어쩔 수 없이 빼액이를 강화해야 하나. 이왕 하는 거면 절대 배신할 염려가 없는, 죽어도 다시 살아나는 내 몸을 하고 싶은데.

미련은 금방 떨쳐 냈다. 안 되는 것에 갖는 미련만큼 본인을 힘들게 만드는 건 없다.

다시금 빼액이에게 다가가던 한시민이 멈칫했다.

"아니, 잠깐."

꼭 빼액이만 강화해야 하나?

순간 드는 의문에 주변을 둘러봤다.

광산을 만들러 간 수달이, 영지 주변을 돌아다니며 영토 확장을 위해 보이는 몬스터들을 때려잡고 있는 토끼들.

확실히 걔들보다야 빼액이를 강화하는 게 가성비가 좋긴 하다.

예전이었으면 그랬을 것이다. 하지만 지금은 다르다. 빼액이와 견줄 만한 대상이 있다.

"뭘 보냐, 인간."

"……너도 세지고 싶냐?"

"난 세다."

한시민의 시선이 답답한지 얼굴을 가리던 로브를 뒤로 젖힌 채 매혹적인 쇄골을 드러내고 있는 카르디안에게 멈췄다.

저런 답답한 말투만 아니면 정말 함께 있다가 어떻게 정분이라도 날 법한 외모인데.

고개를 저으며 말을 이었다.

"아니, 더 세지고 싶냐고."

"당연한 소리를."

"그럼 거래할래?"

"……?"

한동안 한시민의 행동을 한심하게 쳐다보던 카르디안이 한 걸음 뒤로 물러섰다.

뭔지는 몰라도 냄새가 난다. 일단 저놈이 뭘 하자고 하면 무조건 싫다고 하기로 한 터라 거부감부터 들었다.

"싫다."

"아니, 들어보고 결정해."

"들어도 싫을 것 같다."

"네게 걸린 제약, 풀 수도 있는데?"

물론 한시민은 그렇게 호락호락하지 않았다. 은근히 카르디안의 약점을 파고들며 다가온다. 어느새 가까이 다가온 한시민의 숨결이 카르디안의 귓가를 간지럽혔다.

"어때? 끌리지? 전부가 아닐 수도 있어. 그런데 어쩌면 아예 풀리는 것도 모자라 한계를 뚫을 수도 있다니까?"

"……."

진심이 반쯤 섞인 말에 천하의 드래곤도 흔들릴 수밖에 없다.

추측뿐인 내용이지만 어느 정도 가능성을 확신하고 있기에 가능한 일.

안 되면 어쩔 수 없지만 한시민은 언제나 그렇듯 되리라 믿었다.

'그 정도는 되겠지.'

그도 나름 한 번뿐인 도박이다. 굳이 비교하자면 빼액이와 카르디안 중 더 오래 데리고 다닐 쪽은 빼액이고 배신할 염려도 적기에 빼액이를 강화하는 게 낫지만, 효용 면에선 카르디안이 훨씬 좋기에 배팅하는 것.

어차피 빼액이는 골드로 강하게 만들 수 있다. 하나 카르디안은 일시적인 계약 관계일 뿐이다. 언젠가는 놓아주어야 하고 또 언젠가는 적으로 만날 수도 있다.

그런 상황을 지운다면?

지금의 배팅은 결코 나쁜 게 아니리라.

"그래도 싫다. 제약은 드래곤 하트로 충분히 완화시킬 수 있다."

"정말?"

"정말."

"진짜 안 할 거야? 세상에서 한 번뿐인 기회인데?"

"그만한 걸 요구하겠지."

"아냐, 요구 아무것도 안 할게. 그냥 계약서 조금만 수정하자. 그리고 지금처럼 쭉 같이하기만 하면 돼."

"……말도 안 되는 소리."

결국 카르디안이 가장 원치 않는 조건의 제시로 파기되기는 했지만.

"너, 이거, 어? 주인한테 막 이렇게 단호하게 듣지도 않고, 버릇없이 군 거 후회하게 될 거야. 앙?"

"그러든지."

마지막 협박까지 통하지 않자 한시민은 쿨하게 포기했다. 매달릴 필요는 없었기에.

곧장 빼액이에게 향했다.

"빼액아."

"빼애액?"

"드디어 네가 강해지는 날이 오는구나."

"빼액?"

"언제쯤 널 강하게 만들 수 있는 날이 올까 기대하며 그런 게 생긴다면 곧장 너에게 먼저 쓰리라 다짐했었는데. 드디어 오늘이야."

"빼액!"

"그래, 그래. 알았어. 가자. 강화하러."

그리고 날아올랐다.

최종적으로 용도가 정해진 특수 강화석을 쓰기 위해.

인생은 선택의 연속이다.

이제 정말 쓰기만 하면 되는 상황에서 한시민이 인상을 찌푸렸다.

"아, 이런 젠장. 이제 그냥 강화 좀 하자."

이거 하나에 너무 많은 시간을 빼앗기고 있다.

뭐 이거 안 한다고 딱히 할 게 있는 건 아니지만 뭐랄까 이제는 그만하고 성과를 보고 싶달까. 이쯤 되면 해피 엔딩이 나올 때도 됐지 않은가.

"후."

하지만 짜증을 내면서도 신중하게 마지막 고민에 전념했다.

사실 어떻게 보면 가장 중요한 고민이다. 지금까지의 시간 투자나 강화석 투자는 아무것도 아닐 정도로 거대한 고민.

"GP를 쓰고 강화하느냐 강화하고 쓰느냐."

딜레마.

엄청나게 중요한 문제다. 강화가 어떤 식으로 진행될지는 여전히 모름에도 대충 지금까지 플레이 경험으로 유추해 보았을 때 어떤 식으로든 이로운 쪽으로 강화될 가능성이 크다.

그것이 스텟 증가든 뭐든.

거기서 보다 게임 폐인으로서의 촉을 발동시켜 보자면 골드 드래곤의 특색이 강화될 가능성도 크다.

그렇다는 건 강화 후 골드를 투자했을 때 더 많은 혜택을 받을 가능성도 존재한다는 뜻.

그렇게만 생각하면 당연히 현재 보유한 200만 GP를 강화하고 쓰는 게 맞다. 하나 반대의 경우도 존재한다는 게 문제다.

"만약 강화하고 더 많은 GP를 처먹으면?"

그럴 일은 없겠지만 강화에 더 많은 GP를 필요로 하고 올라가는 능력은 그에 맞지 않을 가능성도 있다.

그게 무슨 너프 같은 강화냐 할 수 있겠지만 베타고이기에 가능한 일.

혹은 전혀 쓸모도 없는 옵션 같은 걸 하나 붙여 균형을 맞출지도 모르고.

아니면 강화가 현재 스텟을 기준으로 % 상승 한 번 시켜주고 끝날 수도 있다.

"후."

결국 도박이다. 어떠한 정보도 없는 상황에서 도 아니면 모의 윷을 던져야 한다.

"아, 젠장."

사실상 한시민이 세상에서 가장 싫어하는 확률.

50%.

그의 능력으로도 변화가 불가능하다. 이럴 땐 항상 누구보다 빠르게 결정해 왔다.

한시민이 냅다 강화석을 빼액이의 입에 물렸다. 그리고 망치를 들어 올렸다.

“아플지도 몰라.”

“빼액!”

두 눈을 질끈 감고 의식을 치른 뒤 망치를 내려친다. 전력을 다해 내려친 망치는 빼액이의 머리에 적중했고.

팟―!

빛이 터졌다.

다행히 빼액이의 머리가 터지거나 하는 최악의 상황은 벌어지지 않았다. 또 특수 강화석이 갑자기 변덕을 부려 튕겨져 나온다거나 빛과 함께 아무런 변화가 없는 등 안 좋은 쪽으로 그림이 흘러가지도 않았다.

거기까지만 왔다는 것만으로도 안도해도 되는 상황.

“……!”

하나 그 뒤로 등장하는 홀로그램들은 최소한의 행복만 바라는 한시민을 비웃기라도 하듯 줄줄이 그를 놀라게 만들었다.

“미친…….”

한시민의 조용한 진심만이 강화의 소감을 대변할 뿐이었다.

2

흑마법사들은 은밀하고 빠르게 집결했다.

"이번이 분기점이다. 대계를 완성할 수 있는 마지막 기회이자 실패하면 힘들 수도 있다. 모든 걸 걸고 리치 영지를 함락한다."

"네!"

성역은 본디 갖고 있는 옵션만으로도 흑마법사와 마족에게 큰 해가 되지만 이름에 담긴 의미만으로도 신전의 상징이자 자부심이다.

그게 현재 수도와 리치 영지에 두 개나 있다고 생각하는 상황에선 흑마법사들에겐 크나큰 부담이지만 동시에 리치 영지의 성역을 꼭 부숴야 하는 이유로 작용했다.

"수도는 어차피 대륙 전체가 함락되면 자연스럽게 몰락되는 곳. 성역이라는 신전의 상징을 부수고 마계의 게이트를 활성화한다."

결국 약한 놈만 치겠다는 것.

그런 생각을 하면서도 흑마법사들은 조금의 가책도 느끼지 않았다. 그게 그들의 특성이니까!

성 함락을 위해 전력이 투입되었다.

적당히란 없다. 방심도 없다. 원래 비열하고 치사한 놈들일

수록 방심하지 않는다. 다른 자들의 방심을 유도하고 뒤통수를 치는 데 전문가들이니까.

온갖 몬스터가 모여들고 저주와 역병도 준비되었다. 성역 앞에 쓸모는 없겠지만 성역을 부수는 순간 지옥이 펼쳐지리라.

"날이 어두워지면 시작한다."

"예!"

그렇게 준비를 마친 흑마법사들이 은밀하게 모인 장소에서 움직였다.

아니, 움직이려 했다.

"어라? 거기 누구세요?"

"……?"

"혹시 흑마법사? 와! 대박! 언니! 이리 와봐! 여기 흑마법사들이 떼거리로 있어!"

"빨리 시민 씨한테 연락해."

"……시끄럽게 좀 하지 마."

예상치도 못했던 때에 들키지만 않았으면.

굳은 표정의 흑마법사들의 마력이 꿈틀거렸다.

3

흑마법사 교단은 분주해졌다.

"북부 지부에서 리치 영지에 대한 총공격 신호를 보내왔습니다."

"제국의 시선을 분산시킬 수 있게 움직이도록 하라."

"예!"

전 대륙에 퍼져 있는 흑마법사들에게 내려진 지령.

목숨을 걸고 대륙을 혼란에 빠뜨려라!

아직 계획했던 것보다는 조금 이르지만 원래 계획이란 건 유동적인 것! 성역을 파괴하고 대륙에 혼란을 일으킬 수 있다면 충분히 진행할 만한 계획이다. 해서 음지에서 조용히 간만 보던 흑마법사들이 좀 더 적극적으로 나서기 시작했다.

물론 여전히 몸은 사린다. 하나 애초에 1순위로 잡히지 않는 것을 염두에 두고 혼란을 일으키는 것과 혼란을 1순위로 두고 움직이는 것의 차이는 하늘과 땅 차이!

흑마법사들이 대범해졌다. 그들이 지금껏 몸을 사렸던 이유는 겁쟁이라서가 아니다. 배신의 아이콘에 마족들과 연관된 이들이지만 동시에 목적을 위해선 얼마든지 목숨을 내던질 준비가 되어 있다. 그게 설령 교단에 들어오며 맺은 맹약에 의한 타의일지언정.

"폐하! 대륙 전역에서 흑마법사들이 움직이기 시작했습니다!"

"슬라 왕국에 전염병이 퍼졌습니다!"

"카라리나 왕국 수도에 몬스터 게이트가 열렸다고 합니다."

"흑마법사 셋을 잡았습니다!"

터질 게 터졌다. 당연히 황제도 바빠졌다.

"전력을 투입하라. 씨를 말려도 좋다. 생포할 수 있으면 생포하고 아니면 재 한 줌 남기지 않고 박멸하라."

"예! 폐하!"

자연스럽게 시선이 분산됐다.

흑마법사들이 원하던 순간!

"리치 영지 함락 가능성은?"

"70%입니다. 영지 방어에 돈을 쓰기로 유명한 곳이라 성역 외에 또 어떠한 마법진이 숨어 있는지 추측할 수 없습니다."

"그곳의 영주가 상당히 강하다고 하지 않았나?"

"예, 모험가인 주제에 드래곤을 테이밍하고 꽤나 강력한 장비들을 보유하고 있다고 합니다. 하나 현재 자리를 비운 상황입니다."

"꼭 성공시켜야 한다."

"걱정하지 마십시오. 성문만 통과한다면 확률은 92% 이상입니다."

흑마법사들은 자신했다.

당연하다. 선대에 거쳐 무려 수백 년을 준비한 대계다.

대륙의 사람들 역시 지난 과거를 되풀이하지 않기 위해 준비하고 단합했지만 그건 역시 예방책 수준의 준비. 그러니 어찌 그들만큼 열심히 대비했겠는가.

그보다는 자신들을 억압하고 대륙을 움켜쥔 제국의 심장을 위해 더 노력했을지도 모른다. 이미 그런 자들을 몇몇 포섭하기도 했고.

"실패란 없다."

그렇기에 웃을 수 있었다. 지금은.

강예슬의 외침에 정현수가 서둘러 그녀의 입을 막았다.

"죽여달라고 광고할 일 있냐?"

"아니, 도망치면 안 되잖아."

"너라면 쪼렙들 보고 도망치겠냐, 죽이겠냐."

"그건 그렇네."

"……."

하나 늦었다. 흑마법사들은 이미 그들을 둘러싸고 주문을 외는 상태.

"아니, 저기요. 우리 일단 통성명부터……."

뒤늦은 평화 협정은 씨알도 먹히지 않았다. 이미 경찰에 신고한 사람을 범인은 가만두지 않는 법.

외는 주문들이 음침하게 들려왔다. 셋은 인상을 찌푸리면서도 침착하게 무기를 들어 올렸다.

어쩌겠나.

"딱 봐도 리치 영지로 쳐들어 가려는 거 같았잖아."

"그래도 우리가 죽는 것보다야 그리로 보내는 게 낫지."

"아니, 지금 성문 다 열려 있는데 무슨 소리야."

"내 알 바는 아니지."

"오빠, 리치 영지 부서지면 우리도 손해야. 생각 좀 해."

"너 같은 바보한테 그런 말 듣고 싶지는 않다."

그래도 같은 길드인데.

정을 떠나서 그들도 리치 영지에 투자한 게 제법 된다. 아무리 돈이 많다 한들 재벌 2세로서 경영에 참여하지 않는 상황에서 미래에 대한 투자는 해야 하니 버리는 돈이라 생각할 수 없다.

지켜야 한다.

"좀 무리 같긴 하다."

물론 너무 선불리 나선 감이 없잖아 있었다.

정설아마저도 그렇게 판단했다. 온통 흑마법사들뿐이라 해도 우선 기본적인 레벨 차이가 너무 심하다. 숫자 차이는 말할 수도 없을뿐더러 저주 계열의 마법을 사용하는 흑마법사들을 상대로 컨트롤을 내세울 수도 없다. 컨트롤도 어느 정도의 움직임이 뒷받침되어야 빛을 발하니까.

거기에 정현수의 높은 방어력도 마법 공격에 대한 내성으로 작용할 수는 없고.

절망뿐인 상황.

그럼에도 희망을 놓지 않았다.

"언니, 이번에 새로 배운 스킬 한번 써볼 테니 도망치자."

"가능할까?"

"마력이 조금 딸리긴 한데. 뭐, 현수 오빠가 업고 가겠지."

이보다 더한 위기도 지금까지 수없이 겪어왔으니까.

게다가 죽음도 딱히 그들에겐 위협이 되지 않는다. 경험치 하락, 죽음 페널티. 그보다 중요한 걸 지킨다는 확신이 있기에.

'보상해 주겠지.'

'시민 씨는 이런 걸 그냥 넘기는 사람이 아냐.'

한시민에 대한 단단한 오해가 용기를 만들었다. 어차피 이길 생각 따위 조금도 갖지 않은 채 뛰어든 상황.

강예슬이 14강 지팡이를 들었다.

"후, 이거 웬만하면 안 쓰려고 했는데."

들이마시는 숨, 내뱉는 영창.

어둠의 기운이 몰려든다. 언제나 후방에서 저주 계열의 마법으로 정설아의 서포팅만 해오던 그녀가 선보이는 마법!

언젠가부터 잊힌 그녀의 스페셜 등급 직업이 오랜만에 존재감을 드러내는 순간!

우웅-

어둠보다 더 짙은 어둠이 숲을 감싼다. 달마저 뜨지 않은 칠흑의 밤을 집어삼키겠다는 의지로 휘몰아치는 다섯 개의 마력 폭풍!

"……!"

"아니, 이건!"

마법을 시전하던 흑마법사들마저 놀랐다. 그리고 시선이 마법을 시전한 강예슬에게로 향한다.

동시에 외쳤다.

"서, 설마!"

"대흑마법……!"

하지만 그들의 외침은 아쉽게도 영창을 완료한 강예슬에게 닿지 못했다.

콰콰콰콰쾅!

70레벨을 달성하고 배운 강예슬의 흑마법과 61억짜리 스킬북이 더해진 콜라보레이션이 화려하게 무대를 수놓았다.

폭발과 함께 드러나는 풍경은 처참했다.

"와."

여기저기 나뒹구는 흑마법사들. 경악한 표정으로 반격할

생각조차 하지 못하고 있다. 마치 메테오가 떨어진 듯한 지형들은 말할 것도 없고. 화려한 데뷔 무대에 오히려 강예슬이 놀랄 정도.

"어라? 이게 이런 마법이었나?"

다크 토네이도.

스페셜 등급의 직업, 대흑마법사의 제자에게 주어진 히든 스킬이긴 하다. 한데 생각했던 것보다 훨씬 더 대미지가 많이 들어간 듯하다.

뭐지?

그녀뿐 아니라 정설아와 정현수도 당황스러운 건 마찬가지였다.

"너 언제 이렇게 세졌냐?"

"예슬아, 언니 몰래 아이템 샀니?"

70.

분기점을 맞아 새로운 스킬을 배운 건 정현수와 정설아 역시 마찬가지다. 지금까지와는 다른 파괴력을 지닌 스킬임에 분명하고 혹은 전투에 더 많은 도움을 주는 것도 맞다.

하지만 이 정도라니?

상대는 무려 흑마법사들이다. 어지간한 유저들이 마법사임에도 로브에 칼자국 하나 내지 못했다며 올라오는 징징 글이 하루에도 수십 건이 넘는데 강예슬이 한 번 쓴 마법에 이런 피해가?

"……."

뭔가 이상하다. 이건 마치…….

"그냥 맞아준 거 아냐?"

"에이, 설마."

그러지 않고서야 설명이 안 된다.

다시 확인하고 싶지만 아쉽게도 기억에 남아 있는 영상은 없었다.

보기엔 어둠이 너무 짙었다. 마법을 사용하는 동안 켜놓았던 불꽃도 사그라진 상태였다.

그렇다면 남은 방법은 하나.

"저기……."

강예슬이 조심스럽게 다시 불꽃을 피우며 널브러진 흑마법사들을 불렀다.

도망치려면 지금이 기회긴 하다. 하지만 궁금했다.

대체 왜? 무슨 이유로?

정말 내 마법이 그렇게 강한가?

아니면 진짜 맞아준 건가?

물으려는 강예슬은 그 뜻을 이루지 못했다.

"대흑마법사님을 뵙습니다!"

"대흑마법사님을 뵙습니다!"

"……?"

널브러진 흑마법사들을 포함해 사지 멀쩡한 흑마법사들까지 죄다 바닥에 부복해 그녀를 환영하고 있었으니까.

뜻밖의 전개에 벌어진 입은 다물어질 생각을 않았다.

"빼애애애액!"

그리고 뒷북을 알리는 울음소리가 하늘을 뒤덮었다.

4

"어디 있어! 흑마법사 개놈들! 저번에 한 번 봐줬더니 주제를 모르고 또 찾아와? 다 뒈졌다."

"……."

화려한 뒷북은 주목받지 못했다. 어둠이 가린 빼액이의 모습 따위 신경 쓸 만큼 한가하지 않았으니까.

"아니, 저기."

"대흑마법사님의 제자라니. 왜 이제야 나타나신 겁니까!"

"……."

"어서 교단으로 가시지요."

그건 흑마법사들이 노리는 영지의 주인이 무방비상태로 그들의 앞까지 다가올 때까지도 여전했다.

"뭐 해?"

"아, 오빠."

"뭐야, 이 그림은?"

어이없음을 표출하고 상황을 파악하기 위해 주변을 둘러본 뒤, 길드 대화로 어떤 상황인지 들은 다음까지도 흑마법사들은 부동자세를 풀지 않았다.

오로지 바닥만 보았다. 고개를 들었다가 강예슬과 시선을 마주치는 것조차 꺼리는 것처럼.

"……그때 그놈이 그러니까 얘들의 왕?"

"왕은 아니고 뭐 신전으로 치면 교황 정도 되나 봐."

"내가 전직할걸."

동시에 한시민의 표정에 아쉬움이 스쳐 지나갔다. 그때도 흔들리긴 했는데 그래도 스페셜 등급보단 레전더리 등급의 직업이 뭐라도 더 많겠지 싶어 포기했었다. 실제로 강화사와 테이머로 레벨을 포기해야 했지만 많은 이득을 보기도 했고.

한데 그때의 그 선택이 이런 결과를 불러올 줄이야.

"설마 전국에 있는 흑마법사들이 다 네 수하?"

"아마 그러지 않을까?"

"와."

상황을 파악한 순간 머릿속으로 온갖 계산이 빠르게 정리된다.

만약 강예슬이 진짜 흑마법사들에게 그런 존재라면, 그녀가 쓰는 마법을 최소한의 방어조차 하지 않을 정도로 복종하는 관계라면?

그리고 흑마법사들의 교단을 장악할 수 있는 위치의 직업이었다면.

"흑마법사들이 꿍쳐 둔 돈이 꽤 많을 텐데."

침이 절로 넘어간다.

원래 남의 떡이 더 커 보이는 법!

돌이킬 수 없는 아쉬움은 아쉬운 대로 삼켰다.

"그래도 다행이네. 무력 충돌 없이 잘 끝내서."

싸움은 가진 쪽이 무조건 손해를 보게 되어 있다. 특히 한시민처럼 자신의 1이 남의 100보다 크다 느끼는 사람은 리치 영지에 조금이라도 나는 흠집에 세상을 잃은 것처럼 슬퍼할 수밖에.

당장 머릿속에 떠오르는 대륙 정벌 계획은 나중에 천천히 강예슬을 꼬드겨 하면 되고 지금은 갑작스레 들려온 습격을 막았다는 것에 안도의 한숨을 내쉬었다.

"오빠, 그런데 그게 문제가 좀 있어."

"무슨 문제?"

"응, 내가 잘 말해봤는데 리치 영지 공격은 해야 한대."

"……?"

"하지 말라고 명령하면 내가 교단의 배신자가 된다는데?"

"……."

그 안도가 아쉽게도 오래가지는 못했다.

"그래도 걱정 마, 오빠. 내가 부탁하면 우리 죽이지는 않고 그냥 가겠대."

"이런 미친."

세상은 한시민이 원하는 대로 흘러가지 않았으니까.

5

"야, 나 예슬이랑 친한 오빠라고."

"대흑마법사님의 제자라 해도 배신엔 대가를 치러야 하는 법."

"아니, 배신이 아니라 예슬이가 너희 편이면 나도 너희 편이라니까?"

"어쭙잖은 말에 속아 넘어가지 않는다."

"아니! 진짜. 나도 마족들이랑 손을 잡을 용의가 있다고."

"거짓말하지 마라. 이미 리치 영지엔 성역이 깔려 있는 것을 두 눈으로 확인했다."

"그건 인마, 눈속임이지. 그걸 깔아놔야 내가 배신하지 않을 거라는 걸 아무도 의심하지 않잖아?"

한시민이 억울함을 토로했지만 흑마법사들에겐 씨알도 먹히지 않았다. 진심이 듬뿍 담겼음에도, 그냥 이번 위기를 대충 넘기기 위함이 아님에도.

"아, 내 마음을 왜 몰라주냐고!"

실제로 한시민은 배신할 용의가 충분히 있었다.

그에게 있어 게임은 돈벌이다. 정의고 나발이고 돈을 많이 벌 수만 있다면 마족뿐 아니라 마왕의 개가 되겠노라 맹세할 준비가 언제든 되어 있다.

그런 상황에서 마족들과 원만한 커뮤니케이션을 할 수 있는 소통의 창구가 마련되었다. 카르디안 역시 마족들과의 소통 창구를 만들 수단이지만 제약이 걸린 지금 써먹을 방법은 없고.

"시끄럽다. 흑마법사에게 감히 세 치 혀로 사기를 치려고 하다니."

"대흑마법사의 제자시여, 어서 결단 내려주십시오."

"……."

그런 상황에서 난처한 건 강예슬.

생각지도 못한 상황에서 생겨 버린 부하들과 지금껏 관계를 유지해 오던 한시민과의 갈등이 일었으니 어느 편에 서야 할지에 대한 고민을 해야 할 때였다. 물론 비교할 필요도 없이 마음은 이미 한시민의 쪽이었지만.

흑마법사들이야 생판 모르던 이들이고 한시민이라면 모를까 굳이 그런 놈들과 엮이기 위해 지금까지 함께 했던 동료를 배신할 생각이 없었다.

다만 어느 정도 게임을 숙련자 단계까지 플레이한 상황에서 본능에 따라 그저 말을 아낄 뿐.

그 모습을 보며 한시민이 길드 대화로 말했다.

"야, 예슬아. 그냥 저쪽으로 가."

"엥?"

"일단 배신하는 척하라고."

"왜?"

"왜긴, 11개월 전에 산 로또를 잊고 살다가 1등 당첨된 걸 알았는데 그걸 그냥 버릴 거야?"

"아니, 그건 아닌데……."

"요즘 판월은 흑마법사 중심으로 돌아가는 거 알지? 메인 퀘스트 3막 시작하고 끝날 때까지는, 아니, 적어도 4막까지도 흑마법사들이 꾸준히 나올 텐데 이 기회를 놓칠 순 없잖아."

"……."

"일단 가서 맨 뒤로 빠져. 알아서 할 테니까."

"응."

단 한 치의 망설임도 없이 배신을 말하고 받아들인다.

서로에 대한 신뢰가 없다면 불가능한 일!

정설아도 그에게 무슨 생각인지 묻지 않았다. 굳이 한시민이 아니어도, 판타스틱 월드를 처음 플레이하는 유저가 똑같이 강예슬과 같은 상황에 처했다면 떠올랐을 계획들이니까.

아니, 그냥 어찌 보면 교과서적인 패턴이다. 베타고가 유저에게 이렇게 하라 강요하는 게 아닌가 싶을 정도로.

대흑마법사의 제자, 그리고 나타나는 흑마법사들, 그들을 통솔할 수 있는 권한.

비록 대륙의 사람들에겐 척살령이 떨어지겠지만, 그게 뭐?

애초에 흑마법사라는 직업을 선택할 땐 그만한 각오를 하고 선택하게 마련이다.

어쩌면 대륙에 악명을 떨치려고 선택하는 자들도 부지기수일 것이다.

그런 자들의 꼭대기에 설 수 있는 기회다.

놓치는 바보는 애당초 대흑마법사의 제자라는 직업도 갖지 못했겠지.

"괜찮겠어요?"

"네, 충분해요."

하나 걱정이 되는 게 있다면 그 이후의 상황이다. 강예슬을 저쪽으로 보내 신뢰를 쌓게 하는 건 옳은 일이다.

하지만 그 이후엔? 한시민이 순순히 리치 영지로 향하는 길을 흑마법사들에게 열어줄까?

절대 아닐 것이다. 그렇다는 말은 막아서겠다는 뜻인데 가능할지에 대한 걱정.

'수달이도 없고 토끼도 없고…….'

전력이 있어도 될까 말까다. 그만큼 흑마법사들은 강하다.

신체적 이점은 레벨로 인해 오히려 불리하다 싶을 정도고 예측할 수 없는 저주 계열 마법을 사용하는 흑마법사들은 하나씩 더해질 때마다 그 효율이 배가 된다.

빼액이와 카르디안이라는, 드래곤 두 마리가 있다지만 과연 될까.

의문은 길지 않았다. 이미 마음을 다잡은 한시민이 망치를 꺼내 들었기 때문.

"지면 나가 뒈져야죠. 얼마를 썼는데."

"빼애애애액!"

동시에 빼액이가 다시 몸집을 부풀렸다. 그와 함께 번쩍이는 황금빛.

"……!"

"뭐, 뭐야!"

빛과 함께 드러난 빼액이의 자태에 스페셜리스트가 놀랐다. 한동안 가고일만 한 크기의 황금빛 새만 보다가 뜬금없이 커진 모습에 당황했달까.

그뿐만이 아니다.

"왜 색이……."

궁금증을 풀기도 전에 한시민이 외쳤다.

"가랏! 훈제금치킨!"

"빼애애액!"

황금빛 비늘에 노릇노릇하게 구워진 게 아닐까 의심이 들 정도로 붉은 날개의 빼액이가 이제는 늠름한 드래곤의 뱃살을 자랑하며 공중으로 날아올랐다.

한시민의 도박은 선강화 후 투자냐 선투자 후 강화냐.

50%의 확률에서 전자를 믿은 한시민에게 확률이 보답해 주었다.

[특수 강화를 성공했습니다.]

['+15 황금 헤츨링'이 '+15 황금 헤츨링(★)'으로 진화합니다.]

[최초 펫 강화입니다.]

[스텟 포인트(50)를 획득했습니다.]

[칭호 '벽을 뛰어넘은 강화사'를 획득했습니다.]

"별?"

뭔지 몰라 일단 제쳐 두고 빼액이의 정보부터 열었다. 그게 중요한 게 아니었으니까.

중요한 건 무엇이 변화했는가! 더 강해졌는가!

한동안 이곳저곳을 확인한 한시민의 표정이 밝아졌다.

“됐다.”

단편적인 강화가 아니다. 영구적으로 스텟에 10%의 추가 스텟이 붙었다.

“휴.”

이거면 됐다. 다른 것들도 천천히 확인해 보면 무언가 더 좋아진 게 있겠지.

마음을 놓고 모아둔 GP를 투자했다. 70까지 레벨을 올리니 8만 GP가 사라졌다.

80까지 16만, 90까지 32만, 100까지 128만.

한순간에 가지고 있던 GP가 바닥나는 사태가 벌어졌다.

그런 와중에도 한시민은 현금으로 환산해 계산해 보는 우를 범하지는 않았다.

아마 그랬다면 기뻤던 마음 따위는 한순간에 바닥을 쳤겠지.

그렇게 정신을 가다듬으며 투자한 덕에 빼액이의 레벨은 100을 달성했다.

그리고 변화는 시작됐다.

“빼애액!”

울부짖음과 함께 진화한다. 100을 달성하며 커지는 몸집과 특수 강화석에 의해 더해지는 시너지!

['+15 황금 헤츨링(★)'이 3차 진화했습니다.]

[특수 강화의 효과로 '+15 화염의 황금 헤츨링(★)'으로 진화합니다.]

[모든 마법에 불 속성이 추가됩니다.]

[모든 물리 공격에 불 속성이 추가됩니다.]

[불 속성에 대한 면역이 최대치로 상승합니다.]

지켜보는 카르디안마저 놀랄 만한 변화.

한시민은 변화한 빼액이의 모습에 놀랐다.

"와."

늠름한 드래곤의 모습을 드디어 갖췄구나. 무려 200만이 넘는 골드를 처먹고.

감개가 무량할 따름이다. 순간 머릿속으로 빼액이 알 때부터 처먹였던 골드들이 주마등처럼 스쳐 지나갔다.

그때만 해도 이걸 정말 깨워서 끝까지 성장시키는 미친놈이 있을까 생각했었는데 그게 자신이 되다니. 참으로 헛웃음만이 나올 뿐이다.

"빼애애액!"

한층 중후해진 울음소리를 들으며 황금빛 배를 쓰다듬는다. 타오를 듯 붉은 날개를 타고 등 위에 올라가도 본다.

"승차감이 훨씬 좋은데?"

"빼애액!"

비즈니스석에서 일등석으로 업그레이드된 기분이랄까.

돈을 투자한 보람을 느끼며 칭호도 확인했다.

[벽을 뛰어넘은 강화사]

* 등급: Special

* 내용: 상식을 뛰어넘은 그대. 전설이라는 이름이 붙을 자격이 충분하다.

* 혜택: 특수 강화 성공 확률 +5%

"별로 쓸모는 없네."

100이 아니면 강화하지 않는 그에게는 그리 관심을 끌지 못하는 칭호. 바로 4,600개나 쌓여 있는 빼액이의 스텟을 보며 고민을 시작했다.

"이게 마지막 스텟인데, 어쩔까나."

101부터는 레벨 업당 필요한 골드가 25만 6천이다.

차라리 그 레벨을 올리느니 회사를 하나씩 차려 불우이웃을 돕는 편이 나을 것이기에 깔끔하게 마음을 접었다.

가지고 있는 거나 잘 쓰자.

대충 힘과 민첩에 이번에도 다 때려 박을까 하는 고민도 들었지만 이전에 골드 마법의 효용 또한 만만치 않게 보았기에 망설이는 것.

해서 카르디안에게 도움을 청했다.

"야, 골드 드래곤도 마력 많으면 좋냐?"

"대답해 줄 가치도 없는 질문을 하는군."

"좋다 이거지?"

"골드 드래곤의 근간은 골드다. 마력과는 관계없이 골드의 힘으로 마법을 사용할 수 있지."

"그럼 쓸모없다는 말이야?"

"하지만 마력이 높으면 보유한 마력에 비례해 일정 마법은 골드를 사용하지 않고도 쓸 수 있다."

"엥?"

"또 내 선대 드래곤에게 들은 소문일 뿐이지만 골드 드래곤은 마력을 극으로 쌓았을 때 마력으로 금광을 만든다는 말도……."

친절하게 설명해 주는 카르디안의 말이 끝나기도 전에 한시민의 손은 이미 마력으로 향했다.

투자되는 4,600개의 스텟.

"빼애애액!"

차오르는 마력에 빼액이가 깊은 울음을 토해냈다. 고작 1의 마력만 가지고 오로지 신체 스텟에 몰빵 당하던 드래곤이 날개를 펴며 포효한다.

이 얼마나 감격의 순간인가!

"빼액!"

빼액이가 엄마인 카르디안에게 감사의 인사를 표했다.

"야! 마법 좀 써봐!"

"빼액!"

그리고 혹여 구박이라도 당할까 마력을 한껏 끌어모은다.

우웅-

공명음이 널리 퍼질 정도로 많은 파동!

한시민의 눈빛에 기대가 담긴다. 그런 그의 흥을 깨기라도 하듯 카르디안이 한마디 던졌다.

"대신 소모된 마력은 꽤 오랜 시간 차오르지 않는다. 이걸 왜 내가 말해주고 있는지 모르겠지만 분명 나에게 분풀이할 것 같아 말해둔다."

"……."

빼액이의 마법 영창은 거기서 멈춰졌다.

어째 카르디안의 말에 이랬다저랬다 하는 게 자존심 상하지만 어쩌겠나.

"다음에 꼭 필요할 때 보여주자, 빼액아."

"빼애액!"

언젠가 꼭 필요할 때가 올 텐데.

그리고 그 선택은 이제야 빛을 발했다. 수많은 흑마법사 앞에서.

우우웅-

마나가 모여든다. 그때 보여주지 못했던 몫까지 전부 다 보여주겠노라 의지가 담겼다.

흑마법사들도 예상치 못했던 드래곤의 등장에 침을 삼키며 방어 마법을 준비했다.

"막을 수 있다!"

"전력을 다하라!"

흑마법사들은 용감했다. 자신들의 전력에 자신감도 있었다. 무려 북부 지부의 흑마법사들이 다 모인 자리다. 아무리 드래곤이라 한들 7서클 흑마법사도 무려 셋이나 있는 마당에 막지 못할 이유가 없다.

"교황의 세크리파이스만 아니면……."

"빼애애액!"

그런 그들의 자존심 사이로 빼액이의 울음소리가 파고들

었다.

이는 위협용이 아니었다. 외침과 동시에 빛이 번쩍였다.

황금빛과 진홍빛의 뒤섞인, 그 사이에서 뚫고 나오는 순백의 빛!

“가라! 세크리파이스!”

“빼애애액!”

[100,000GP를 소모합니다.]

['+15 화염의 황금 헤츨링(★)'의 마나가 모두 소진되었습니다.]

[마나 회복까지 남은 시간: 720:00:00]

세상 그 누구보다 영악한 한시민의 공격에 어둠이 빛으로 물들었다.

6

세크리파이스. 희생.

신전의 교황만이 쓸 수 있다는 절대 신성 마법.

물론 단어의 뜻대로 교황이 자기 목숨을 희생해서 쓰는 마법은 아니다.

그랬다면 아마 대륙이 만들어진 이래 단 한 번도 쓰이지 않았겠지.

인간은 누구나 자신의 목숨을 귀하게 여긴다. 죽기 직전, 정말 이놈만큼은 내가 지옥으로 꼭 끌고 가야겠다는 마음이 아니면 누가 자기 자신을 희생해 가며 마법을 쓰겠는가.

더군다나 세크리파이스는 적을 섬멸하는 공격 계열의 마법도 아니다. 넓은 범위, 신성력으로 모든 걸 뒤덮어 악을 소멸시키는 효과를 지니고 있지만 본질적으로는 아군을 치료하고 전장을 신의 가호가 깃든 장소로 만드는 효과를 가진다.

해서 무서운 것이고 또 쉽게 나타나지 않는다. 목숨을 담보로 하지 않음에도. 워낙 많은 신성력이 필요로 하기에.

동시에 시전 후 바닥 난 신성력은 쉽게 차오르지 않는다. 말 그대로 희생이니까. 목숨을 가져가진 않지만 일정 기간 신성력을 빼앗아 간다.

이는 신의 장난이 아니라 인간이 감히 사용하지 못할 마법을 쓴 것에 대한 대가이다. 교황마저도 신의 이름을 빌려 한 번 최악의 상황에 쓸 수 있게 허락된 마법. 그것이 리치 영지의 뒷마당에서 펼쳐졌다.

골드의 힘으로. 빼액이의 몸에서.

파앗—

"와아."

[체력이 회복됩니다.]

[마력이 회복됩니다.]

['암' 속성에 대한 공격력이 50% 상승합니다.]

['암' 속성에 대한 내성이 50% 상승합니다.]

[모든 부정적인 효과가 제거됩니다.]

효과는 바로 나타났다. 딱히 전투가 없어 체력과 마력이 닳아 있지는 않았지만 청량한 느낌과 함께 끝까지 차올랐고 무엇이든 할 수 있다는 자신감 역시 온몸에 가득했다.

그뿐만이 아니다. 빼액이가 갖고 있는 마력을 모두 소모한 것도 모자라 남은 20만 GP 중 반을 사용해 쓴 마법은 흑마법사들에게 더 큰 타격을 주었다.

"크아아악!"

"아아악!"

고통 속에 쓰러진다. 하나둘.

쓰러지면서 죽는 이도 많고 정신을 잃는 자가 대부분이다.

어떻게 손 쓸 틈도 없다. 도망칠 생각은 하지도 못했다. 그냥 그 자리에서 다들 쓰러진다.

이것이 세크리파이스, 희생의 위력. 모든 걸 정화시킨다. 일정 범위 내의 모든 흑마력은 증발된다.

증발됨과 동시에 마력의 양에 비례해 대미지로 흑마법사들에게 고스란히 전해진다. 높은 서클을 가진 흑마법사일수록 더 큰 대미지를 받는 건 당연한 일.

한순간 상황이 정리됐다.

"……."

한시민의 벌어진 입이 다물어질 생각을 않았다. 동시에 후회가 든다.

"너무 기분 냈나?"

왠지 모르지만 낭비한 것 같은 느낌.

이 마법까진 쓰지 않았어도 되려나. 더 약한 마법을 쓰고 약간의 전투 정도는 있어도 괜찮은데.

빼액이의 진화도 성공했고 기분이 좋아 후회가 드는 정도는 아니지만 아까운 건 어쩔 수 없었다.

자연스럽게 원망의 시선이 카르디안에게 향했다.

"야, 이게 뭐야. 너무 세잖아."

"한 방에 흑마법사들을 제거할 마법을 알려달라 하지 않았나."

"그건 그렇지만, 인마. 넌 닭 잡는 데 소 잡는 칼 쓰냐."

"드래곤은 그런 것 따위 신경 쓰지 않는다."

"……."

저걸 한 대 쥐어팰 수도 없고.

지끈거리는 머리를 부여잡고 한숨을 내쉬었다.

그래도 잘 끝났다. 15강 한 전설의 망치의 위력이 얼마나 되는지 겸사겸사 시험이나 해보아야겠다는 계획은 비록 무산되었지만 진화한 빼액이의 힘이 어느 정도인지, 아니, 골드를 처먹였을 때 얼마만큼의 위력을 보일 수 있는지에 대해 알게 되었으니 그것으로 만족하기로 했다.

"예슬이도 의심받지 않고 저쪽으로 넘겼…… 아?"

그리고 마지막으로 떠오른 한 사람. 함께 넋 놓고 구경하던 정설아와 정현수도 아차 하는 표정으로 주변을 살폈다.

한시민이 굳이 세크리파이스를 사용한 이유는 분명 흑마법사라는 암 속성을 상대로 상극이기에 더 큰 대미지가 들어간다는 것도 있지만 애초에 판타스틱 월드에서 어떠한 공격이든 계산을 제대로 하지 않으면 피아를 구분하지 못한다는 점이 더 컸다.

특히 이런 범위 마법일 경우 지난번 어떤 참사를 불러오는지 이미 겪었지 않은가. 피해도 안 입고 한 번에 쓸어버리기도 편하고.

그런 면에서 카르디안의 충고를 받아들여 세크리파이스를 선택했다.

그런데 거기에서 강예슬은 안전한 범위에서 벗어날 수밖에 없다. 어찌 됐든 대흑마법사의 제자가 아니던가.

"……설마 죽진 않았겠지?"

"설마."

"안 보이는데……."

불안함이 텅 빈 숲을 가득 채웠다. 지금쯤이면 뭐라도 말이 나왔어도 백 마디는 나왔어야 할 타이밍이다.

피해를 입었으면 대체 왜 이런 마법을 썼느냐 징징댔어야 하고 피해를 입지 않았으면 완전 멋있다고 난리를 피웠어야 한다.

"……."

침묵이 이어졌다. 그러다 현실에서 걸려오는 전화 알림에 한시민이 고개를 돌렸다.

잠시 뒤, 정설아도 고개를 숙였다. 마지막으로 정현수가 고개를 저으며 전화를 받았다.

"……술 먹잔다."

한시민과 정설아가 고개를 끄덕였다.

"아니, 오빠. 너무한 거 아냐?"

"그렇게 될 줄 알았냐."

"몰랐어도 그렇지! 아, 나 너무 깜짝 놀랐다고. 갑자기 번쩍이더니 바로 로그아웃당했어."

"그래, 그래. 살다 보면 그런 날도 있고 그런 거야."

"우씨, 진짜. 그래서 다 잡긴 했어?"

"응, 그러니 너무 걱정하지 마."

"나만 죽었잖아."

"그러게 왜 흑마법사 같은 건 돼서."

"오빠가 하라며!"

술자리는 화기애애했다. 해가 바뀌어 나이를 한 살 더 먹어도 여전히 귀여운 강예슬의 애교와 툭툭 내뱉는 한시민의 캐미는 술병이 하나둘 늘수록 잘 맞았으니까. 남매 같달까.

"접속 제한 풀리면 설아 씨랑 현수 형이랑 같이 흑마법사 교단 가서 레벨도 좀 올리고 거기 사람들이랑 친해지고. 알지? 이번에 흑마법사들 많이 죽어서 아마 당분간 조용히 움직일 텐데 그렇게라도 위치 파악해 둬야지."

"췟, 알았어."

거리낌이 없다. 당장 사냥하고 싶을 텐데 믿고 따르는 것까지. 얼마나 신뢰가 가득한지 보여주는 지표.

"그런데 괜찮을까?"

"뭐가?"

"아니, 거기 가면 막 사람들 죽이고 그럴 텐데. 그러면 척살령 내려지는 거 아냐?"

"응, 그렇겠지."

"……'응, 그렇겠지'라니. 그럼 앞으로 편하게 돌아다니지도 못할 거 아냐."

"응."

"……."

"뭐 어때, 어차피 네가 지명수배된 것도 아닌데. 그냥 NPC가 볼 때 흑마법만 안 쓰면 그만이야. 그리고 요즘 유저들 중에 흑마법사가 워낙 많아서 관심받겠다고 튀는 행동만 안 하면 넌 영락 없는 신전 사제니까 걱정하지 마."

마지막으로 위로까지. 별 위로 같지도 않은 위로와 함께 술자리가 무르익었다.

7

그렇게 여운을 즐기는 사이, 의도치 않은 희생에 의한 희생자를 위로해 주는 사이 대륙은 난리가 났다.

"폐하! 큰일 났습니다!"

"무슨 일이냐."

"리치 영지에 대규모 흑마법사 군대가 습격했다고 합니다!"

"리치 영지에?"

"예! 폐하!"

놀랄 만한 일이지만 황제는 침착했다. 골치에 머리를 감쌌지만 결코 흥분하지는 않았다. 이럴 때일수록 침착이 가장 중요하다. 흥분한다고 달라지는 건 없다.

다만 공주는 그렇지 않은 듯했다.

"안 돼! 아바마마, 얼른 도와주세요."

"공주, 침착하거라. 그놈은 모험가다."

"……죄송해요, 아바마마. 너무 놀라서."

함께 있다 소식을 듣고 안절부절못하는 게 황제의 골치를 더 아프게 만들었다.

평소에는 이러지 않는 아이다. 당연히 속마음이 어떨지 아비 된 마음으로 누구보다 잘 알기에 더 속을 썩였다.

그에겐 그저 모험가인 사위, 죽어도 되살아나니 흑마법사들의 습격을 받아도 큰 문제는 없으리란 판단이 들지만 공주에겐 그게 아닐 테니까.

"리치 영지는 그분이 만드신 소중한 테마파크인데……. 손해가 크실 텐데…… 아직 모아놓은 돈이 얼마 없는데……."

할 수만 있다면 간, 쓸개 다 팔아다가 한시민에게 바칠 만큼 공주는 그에게 빠져 있다. 정말 말대로 리치 영지가 흑마법사들에 의해 몰락이라도 한다면 그녀는 복구를 위한 비용을 어떻게든 마련해 보탤 것이다. 그리고 그 원천은 아마 황실의 창고에서 비롯되겠지.

"하아."

해서 한숨이 절로 나온다. 그렇다고 당장 병력을 빼내 보낼 수도 없다. 이제야 흑마법사들이 대륙 전역에서 갑자기 날뛴 이유를 알아챘다.

"목표가 리치 영지였군."

사실 짐작은 하고 있었다. 눈치채지 못하면 그게 바보다. 지금까지 숨죽여 혹여 한 명이라도 잡힐까 노심초사 움직이던 이들이 갑작스레 움직인다는 건 노골적으로 무언가를 노린다는 뜻이니까.

다만 알면서도 상관없었을 뿐이다. 노려봐야 제국 수도일 테니까. 이런 식으로 흔들어서 무너질 수도가 아니니까.

하지만 리치 영지라면 다르다. 성역이 깔려 있다지만 그곳은 한시민의 개인 테마파크. 군사적인 요충지도 아니고 오히려 전쟁에선 불리하리만큼 넓게 트인 평지에 세워져 있다.

성벽이 강화되어 있다는 것과 강화된 마법진이 설치되어 있다는 사실을 알고 있음에도 제국의 수도만큼의 방어력은 되지 않으리라는 게 공식적인 정론.

골치 아파하는 황제와 안절부절못하는 공주를 보며 신하가 힘겹게 타이밍을 잡아 말을 이었다.

"하나 다행히 진압되었다고 합니다."

"……?"

엎드린 채 근심을 드려 죄송하다, 죽여달라고 외치며 하는 말에 황제와 공주의 고개가 갸웃했다.

"진압했다 말했느냐."

"예, 폐하. 시민 자작이 직접 드래곤을 이끌고 진압했다는 소식이옵니다."

"……정말이더냐."

"예, 폐하."

그러곤 평소 절대 하지 않는 되물음까지 했다. 그만큼 믿기 어려웠다.

어떻게?

궁금했다.

"소상히 말해보라."

궁금했기에 물었다. 황제는 그런 사람이었다. 신하에게 묻기를 망설이지 않고 궁금증이 있으면 직접 움직여서라도 푼다.

"세크리파이스가 펼쳐졌다 합니다."

"……!"

밤을 지새워서라도 들을 준비가 되어 있는 황제에게 신하는 단 한 마디로 궁금증을 풀어주었다.

"교황을 보러 가야겠다."

황제가 자리에서 일어났다. 공주도 따라나섰다.

같은 시간 흑마법사의 교단.

"대사제님, 큰일 났습니다!"

그쪽에도 리치 영지의 소식이 전해졌다.

당연하다. 대륙 전역에서 벌어진 일들이 모두 리치 영지의 습격을 대비하기 위함이었으니까.

촉각을 곤두세우고 분 단위로 보고를 받고 있던 상황에서 마주한 일들을 보고받지 않았을 리가 없다.

"대흑마법사의 제자님을 발견했습니다."

"뭐라?"

"운이 좋았습니다. 모험가이시지만 유지를 받드셔 저희 쪽에서 모시고 오려 했지만……."

"실패했다?"

"예, 그렇다 합니다."

"모험가시라면 다행히 되살아나시겠지만 어째서……."

물론 그 보고가 제대로 전달되지는 않았다.

어쨌든 사람이 하는 일이다. 갑작스럽게 벌어지는 상황에서 침착히 제대로 상황을 전달할 수 있을 리가 없다. 있다 해도 당장 자기가 상황을 파악하지도 못한 채 죽어가는데 뭘 제대로 하겠는가.

해서 약간의 오해가 생겼다.

“그 자리에 성녀도 나타난 것 같습니다.”

“뭣?”

“교황의 세크리파이스로 인해 실패했습니다. 살아남은 흑마법사도 없습니다. 하지만 교황은 현재 수도에 있습니다. 그렇다는 건 성녀의 가능성밖에 없습니다.”

물론 아주 사소한 약간의 오해일 뿐이었다.

Episode 42.

우리 성녀

1

스페셜리스트는 흑마법사 교단을 찾으러 떠났다.

"그런데 어디서 찾지?"

"걱정 마, 언니. 나 퀘스트 생겼어."

아주 길고 긴, 머나먼 여정이 될 테지만 강예슬은 그 어느 때보다 신이 나 있었다.

매일같이 반복되는 지루한 사냥보다야 자신이 주인공으로 돌아가는 게임에 더 흥미를 가질 만한 그녀니까.

특히 술자리에서 그녀가 흑마법사 교단을 차지하게 되었을 때 얻을 수 있는 수많은 이점에 대해 한시민이 이미 세뇌식으로 주입시켜 놓았기에 의욕이 넘치고 있는 상태.

"내 성 갖고 싶다."

"……."

그리고 정현수와 정설아는 그녀의 꿈을 지켜주었다. 나쁜 희망은 아니기에.

그들 역시 언제나 정의의 편에 서고자 노력하는 이들은 아니다. 이미 많은 게임을 거쳐 오며 수많은 플레이를 했고 정의보단 그들의 재미를 추구하는 플레이를 선택해 왔었다. 어디까지나 익명이 보장되는 게임이기에 가능한 일.

서버 하나를 통째로 말아먹은 경우도 있었고 거대 혈맹을 만들어 독재를 했던 적도 있다. 수많은 비난의 화살을 맞았던 적도 있지만 흥미를 느꼈기에 후회는 없다.

판타스틱 월드 역시 마찬가지다. 시작할 때 이미 목표를 정하고 시작한 게임. 또 하나의 나라고 한들 현실의 나를 투영해 꼭 다른 사람에게 친절하거나 그럴 필요는 없다.

유저 최강!

아니, 대륙 최고가 되기 위해서라면 대륙의 편이든 마족의 편이든 상관하지 않는다. 물론 선택은 신중해야 하겠지만.

지금은 우선 흑마법사의 교단을 찾는 쪽으로 가닥을 잡았다.

"레벨 업도 빠를 거야."

이득이 되니까.

퀘스트 레벨도 높고 공유하는 파티원들도 함께 경험치를

먹을 수 있다. 대개 사냥하는 경험치보다 퀘스트 경험치가 비효율적이라는 게 정설이지만 유니크 이상의 퀘스트라면 말이 달라진다.

또 위험부담도 적다. 겉으로 보기엔 그저 대륙을 누비는 모험가에 불과하다. 흑마법사의 교단을 찾기 위해 만나야 할 흑마법사들도 당연히 습격이 실패로 돌아간 상황에서 다른 사람들의 눈에 띄지 않게 은밀히 숨어 있을 테니 접촉 현장이 파파라치들에게 찍힐 일도 없고.

로우 리스크 하이 리턴.

경영자의 자식 된 도리로 이런 꿀 같은 기회를 어찌 넘어가겠는가.

그렇게 스페셜리스트만의 여정이 시작됐다.

리치 영지 습격 실패와 함께 흑마법사들은 귀신같이 빠졌다. 물론 이번 기회를 놓치지 않고 대륙의 사람들도 총력을 다해 흑마법사들을 잡아 성과를 거두었지만 그만큼 피해를 입은 흑마법사들은 도망친 이후 모습을 보이지 않았다.

불과 몇 달 전, 흑마법사들이 대륙에 나오기 전의 상황이 그려지듯.

찾아보려 해도 찾을 수가 없다. 꿈을 꾸었나 싶을 정도로 고요하다.

잡힌 흑마법사들은 일제히 자결하거나 고문을 참다못해 죽어 나가 꼬리를 따라갈 방법도 없었다.

그만큼 그들은 치밀했다. 신전도 악에 대해선 마족 이상으로 잔인하고 악랄하다 평가받지만 그런 그들마저도 흑마법사들에게서 많은 걸 얻어내지 못했다. 그저 몇 가지 정보뿐이었다.

"대륙의 종말이 멀지 않았다라."

더 말하고 싶어도 제약 때문에 말할 수가 없다.

조만간 큰일이 벌어지리란 경각심만 가진 채 대륙은 또다시 닥쳐올 위기에 대비했다. 아니, 대비하는 척만 했다.

"폐하, 대륙 곳곳에서 영지전이 벌어지고 있사옵니다."

"멍청한 것들."

현 상황은 역사상 어느 때보다 긴장감이 맴돈다. 그런 상황에서 제 한 몸 사리기 바쁜 귀족들이 너도나도 할 것 없이 대륙의 안전을 위해 모든 걸 투자할 때부터 알아봤다.

어쩌면 당연한 일이다. 당장 눈앞에 흑마법사들이 창궐하며 마족들의 대륙 침공에 대해 암시해 주었지만 평생 살면서 그런 일을 겪어본 적이 없는 귀족들에게 크게 와닿을 리가 있겠는가.

황제마저도 그에게만 내려오는 역사서를 통해 얼마나 생생

한 고통인지 모두 읽었음에도 아직 현실감이 제대로 들지 않는데.

마족은 어떻게 생겼을까, 얼마나 강할까, 정말 인간의 심장을 파먹을까?

이런 비현실적인 미래의 이야기보다는 그를 빌미로 병사를 모을 수 있는 기회가 생기고 흑마법사라는 좋은 매개체를 통해 주변 영지와의 영지전을 벌일 수 있는 지금의 상황이 귀족들에겐 반가웠을 수도 있다.

"후우."

결국 제 살 파먹기다.

하나 황제는 어떠한 말도 하지 않았다. 그의 선대서부터 내려온 전통이니까. 그가 가장 장려하고 인정하는 생존 법칙이니까.

전력은 깎이겠지만, 긴장감은 풀리지 않을 것이다. 흑마법사들이 다시 그림자조차 찾기 힘들어진 상황에서, 이 침묵이 얼마나 길게 갈지 모르는 상황에서 보이지 않는 실체를 쫓다 지쳐 경각심을 아예 풀어버리는 것보다는 모아놓은 힘을 자기들끼리나마 치고받고 싸우며 항상 팽팽하게 긴장감을 유지하는 편이 나중을 위해선 좋을지도 모르지.

그렇게 생각하기로 했다.

또 작은 소망도 하나 포함했다.

"누가 리치 영지 좀 어떻게 박살 냈으면 좋겠군."

황제가 아닌, 그냥 개인으로서의 작은 소망이었다.

2

한시민은 영지에서 놀고 있었다.

정말 오랜만의 휴식. 게임을 하면서도 영지 내에서 뒹굴거리는 건 그답지 않은 나태.

그런 걸 본인이 용서하지 않으면서도 이번엔 느긋했다.

이유는 하나다.

"잘했어, 빼액아."

"빼애애액!"

"아주 잘했어. 비록 10만 GP나 더 처먹긴 했지만."

생각 외의 보상들!

급해서 리치 영지를 지키겠다는 생각만으로 흑마법사들을 처치했는데 끝나고 보니 생각보다 많은 양의 아이템이 수북이 쌓여 있다. 레벨도 무려 2개나 한 번에 올랐고.

"거의 다 흑마법사 전용 아이템이니까 비싸게 팔 수 있겠지."

이런데 어찌 휴식을 취하지 않을 수 있단 말인가.

배가 부르면 등이 따뜻하고 그러면 절로 눈이 감기는 법!

자연스럽게 인심이 후해졌다.

“야, 디안아. 비록 한 명의 희생자가 나오긴 했지만 네 조언이 컸다. 칭찬 포인트 20점까지 채워준다.”

“칭찬 포인트?”

“아니, 왜. 다 채우면 하트 준다는 거 있잖아.”

“……고맙군.”

고운 미간이 찡그려지지만 거부하지는 않는다. 개인의 주관으로 인해 주어지는 잣대 없는 점수가 얼마나 불공평하고 개인적인지에 대해 잘 알고 있지만 반발해 봤자 달라지는 건 없기 때문. 차라리 비위나 잘 맞추면서 어떻게든 100점을 채우는 편이 낫다.

카르디안이 꼼꼼히 기록하고 한시민이 빼액이와 노는 사이 손님이 찾아왔다.

“영주님, 손님이 오셨습니다.”

“네? 무슨 손님이요?”

모든 영지의 업무를 보좌관에게 맡긴 터라 의아할 수밖에 없다. 영지에 관한 일이라면 보좌관이 직접 찾아올 리가 없을 테니까.

제아무리 큰 건이라도, 20만 골드가 넘는 금액을 신전에 투자하고 성역을 받아오는 것조차 영주인 그에게 선조치 후보고를 하는 마당이니.

궁금함에 자리에서 일어났다. 뭔지는 모르겠지만 돈 냄새가 난다.

돈 냄새는 만사가 귀찮아 일주일만 내내 테마파크를 즐기며 놀려던 한시민을 움직이게 만들었다.

"신전에서 대사제 한 분이 나오셨습니다. 어떻게 할까요?"

"당연히 오라 하셔야죠."

그리고 상대의 신분을 확인한 순간, 한시민의 심장이 거칠게 뛰었다. 냄새가 더 짙어졌다.

"세인트입니다. 신을 모시는 여덟 장로 중 하나입니다."

"어서 오세요."

순백의 성복을 입고 있는 젊은 대사제가 영주실로 들어왔다. 한시민은 눈치를 보며 자리로 안내했다.

'왜 왔을까?'

신전에서, 그것도 제국의 수도에 위치한 대신전에서 직접 나왔다.

대체 왜?

황제의 사위여서일 리는 없다. 대륙의 모든 이가 황제의 밑이지만 신을 모시는 신전은 그런 황제의 권력에 굽신거리지 않으니까.

"무슨 일로 오셨나요?"

당장 떠오르는 건 몇 가지 있긴 하다. 신전과 관련될 만한 일. 제국의 대신전에서 직접 대사제를 파견할 만한, 그것도 장로 중 한 명에 오른 대사제를 보낼 만한 중요한 일.

'성역인가? 아니면 세크리파이스?'

그토록 소란스럽게 쓴 마법인데 거기까지 닿지 않았으리라 생각지는 않았다.

흑마법사들을 소탕한 것과 관련해 혹시 생포한 흑마법사가 있나 물어보려 하나? 아니면 함께 활동하는 모험가 중 한 명이 대흑마법사의 제자라는 게 알려졌나?

고민을 길게 하진 않았다. 어차피 개인적인 고민은 정답이 아니다. 직접 왔으니 말해주리라.

대사제는 그런 한시민의 바람을 들어주었다.

"성녀께서 이곳에 있다는 소식을 듣고 찾아왔습니다."

"예?"

그리고 그의 입에서 내뱉어진 말은 한시민의 예상엔 없던 말이었다.

"성녀요?"

“예, 세크리파이스는 교황님과 성녀님께서만 쓰실 수 있는 마법. 교황께서는 당일 대신전에서 기도를 드리고 계셨습니다.”

“음.”

“그리고 신탁을 받으셨다고 하더군요. 성녀의 탄생에 대한 암시를.”

“…….”

그래?

순간적으로 묻고 싶었지만 참았다. 무슨 상황인지 파악되지 않는 지금 한 마디, 한 마디를 아껴야 한다.

머리가 그 어느 때보다 팽팽 돌아갔다.

어떻게 받아들여야 하는 거지? 대체 어디서 성녀가 나오는 걸까.

순간 작은 새로 돌아와 어깨에서 고개를 비비고 있는 빼액이에게 시선이 향했다.

사실 오래 생각할 것도 없다. 그냥 상황 그대로 받아들이면 모든 게 들어맞는다.

흑마법사들에게 적중한 세크리파이스, 남아 있는 흔적, 그리고 오해한 신전.

내놓으라는 성녀는 곧 마법을 시전한 빼액이.

‘……얘가?’

언젠가 한 번쯤 드래곤을 테이밍하고 생각해 봤으려나.

남자일까, 여자일까.

카르디안을 보면 드래곤도 성별이 있는 거 같기도 한데 또 어떻게 자식을 낳느냐 물으면 마나의 교감으로 만든다고 한다. 혼자서도 가능한 일이라 하니 성별이 무의미한 것 같기도 하고.

그런 쓸데없는 생각으로 복잡한 한시민을 보며 대사제가 말을 이었다.

"지금 같은 혼란엔 성녀님이 꼭 필요합니다. 혹 함께하고 계시다면 꼭 신전에 모습을 보여주시길 간곡히 부탁드립니다. 모험가셔도 좋습니다. 그저 신전에 모습을 비추시고 성녀로서 대륙을 위한 신의 가호만이라도 받으신다면……."

이 말은 곧 한시민에게 있어 제 발로 지갑을 열겠다는 말!

정신이 번쩍 들었다.

'내가 무슨 생각을!'

시민아, 배가 불렀구나. 이런 상황에서 그런 한가한 생각이나 하고 있었다니!

동시에 흑마법사 교단으로 향하는 강예슬이 떠올랐다.

이거 어쩌면…….

"네, 한번 여쭤보고 내일 내로 답을 드리겠습니다. 성녀께선 아쉽게도 세상일에 엮이기 싫어하시는 분이라."

"부탁드립니다."

초심을 되찾은 한시민이 허리를 숙이는 대사제에 맞춰 더 깊이 허리를 숙였다.

'알아서 찾아와 주셔서 감사합니다.'

내일 떠나겠다며 영주실을 나서는 대사제를 보며 한시민이 빼액이를 바라봤다.

"야, 빼액아. 변신해라. 얼마가 들어도 좋다. 폴리모프해."

"빼애액!"

3

폴리모프는 쉬운 마법이 아니다. 카르디안마저도 본체에서 인간의 모습으로, 인간에서 본체로 돌아가는 데 필요한 마나를 쓰느니 차라리 인간인 상태로 강한 마법을 쓰는 편이 낫다는 말을 할 정도로.

"폴리모프는 겉모습뿐 아니라 내적인 부분까지 그 종족의 특색에 맞게 바꾸는 것이라 부담이 클 수밖에 없다."

그리고 그 부담은 골드 드래곤에겐 곧 골드다.

"……더럽게 비싸네."

한 번 폴리모프에 5천 GP.

10만 GP짜리 마법도 시원하게 뻥뻥 날려본 경험까지 한 마당에 5천은 사실 적다고 느껴지는 감이 없잖아 있지만 그럼에도 부담스럽다.

무엇보다 일회용 마법이지 않은가. 변신했다가 다시 본체로 돌아오려면 또 5천 GP를 내야 한다.

왕복 1만 GP짜리 마법.

현금으로 환산하면 15억.

그나마 빼액이가 10만 GP를 가지고 있으니 망정이지 아니었다면 정말 해도 되느냐에 대한 고민만 열흘은 했을 것이다.

"후, 진짜 먹고살기 힘들다."

돈을 많이 벌면 뭐 하나. 빠져나가는 게 그만큼 많은데.

한시민이 정말 돈에 관해선 그 누구보다도 똑 부러지는 성격이었고, 그 성격이 아니었다면 이미 전 재산을 날려먹고 어디서 빌빌대며 구걸이나 하고 있었을지도 모른다.

아니, 지금도 언제든지 그럴 수 있다. 정신 똑바로 차려야 한다.

숨을 가다듬으며 카르디안을 본다.

"이거 어떻게 싸게 할 수 있는 방법은 없냐?"

"없다."

"젠장."

어차피 해야 할 일이라면 두 눈 꼭 감고 하자. 100까지 올리는 데 200만 GP를 다 썼는데 이까짓 5천 GP 정도야.

'나중에 빼액이 쓸 일이 없길 바라야지.'

한번 마음을 바꾸면 1만 GP가 날아간다. 거기에 또 성녀 역할을 시키려면 다시 변신시켜야 하니 추가적으로 5천 GP가 더 날아간다.

만약 GP를 남기지 않았다면 통장에서 15억씩 사라졌겠지.

그나마 그걸 위안 삼으며 빼액이의 GP를 사용한다.

"빼애액!"

스킬을 사용하자 어깨 위에 있던 빼액이가 점프하며 빛을 뿜어낸다.

황금빛, 그리고 진홍빛이 섞인 마력의 방출.

"설마 남자는 아니겠지?"

그것만은 제발 아니길 바라며 사라지는 빛을 기대와 함께 보았다.

"아, 어디서 찾아. 흑마법사를!"

강예슬이 투덜댔다. 그녀의 얼굴엔 불과 며칠 전까지만 해도 새로운 여정을 떠난다는 즐거움이 들떠 있던 기쁨이 사라져 있었다.

어쩔 수 없다. 차라리 사냥을 목표로 돌아다녔으면 보이는 몬스터라도 잡아서 경험치라도 올리지 이건 뭐 사냥을 위해 떠난 건지 흑마법사를 찾아 흑마법사들의 교단을 향해 가기 위한 여정인 건지 헷갈릴 정도니까.

"흑마법사는커녕 흑마법사 똥도 안 보이잖아!"

"더럽게."

"분명 깊숙한 산이나 동굴에 있을 거야."

"으앙, 나 안 할래!"

정말 옆에 정현수와 정설아만 없었으면 당장 때려치우고 리치 영지로 돌아가 한가롭게 여유나 즐겼을 것이다.

하나 그녀의 투정에도 둘은 흔들리지 않았다.

하루 이틀이 아니다. 애초에 강예슬은 진득하게 한자리에서 게임을 즐길 만한 성격도 아니다.

그런 그녀를 여기까지 데려온 정설아다.

"조금만 더 찾아보자."

"흐어엉."

어르고 달래가며 침착하게 흑마법사의 자취를 찾는다. 본인보다 더 열심히 찾는 모습에 강예슬은 어이가 없을 수밖에.

"아니, 언니. 흑마법사들이 바보도 아니고 그렇게 뻔하게 숨어 있겠어? 동굴에 숨어 있다 해도 우리가 가까이 다가가면 도망치겠……."

"파이어 스톰."

콰콰쾅-!

"……."

거기다 거침없기까지 하다. 그녀가 흑마법사였다면 접촉은 커녕 만날 생각마저 사라지게 할 정도로.

혀를 차며 고개를 저었다. 아무리 정설아가 게임에 천재고 똑똑하다 해도 이건 아니다.

서당 개 3년 눈칫밥으로 배운 제자의 실력을 보여줄 때가 온 건가.

의욕이 불타오르며 투덜거림을 그만두고 앞으로 나섰다.

그래, 뭐. 힘들겠지만 내가 보여주지.

그녀의 머릿속에 흑마법사를 찾을 수십 가지의 방법이 스쳐 지나갔다. 안 해서 그렇지 나름 머리는 똑똑하다. 분석하고 선별하여 가장 쓸 만한 방법을 찾은 뒤 허리에 두 손을 얹고 정설아에게 당당하게 말했다.

"언니, 그렇게 무식하게 하면 안 돼. 우리 언니 그렇게 뻣뻣해서 남자들이 좋아하겠어? 내가 보여줄 테니까 잘 봐. 흑마법사들은 흑마법에 반응할 거라……."

비록 남자들은 정설아의 외모에 더 많은 호감을 보이지만 강예슬은 그녀만의 노하우가 잔뜩 있다.

지금 상황에서 나올 이야기는 아니지만 흑마법사를 찾는 것 또한 비슷한 원리라 생각했다.

하나 당당하게 말하던 강예슬의 말꼬리는 점점 흐려질 수밖에 없었다.

"……뭐야."

사방에서 하나둘 나타나는 검은 로브의 사람들을 보았기 때문.

"모험가인가."

"할 말이 있다."

"유언은 듣지 않는다."

강예슬의 어이없음 따위는 안중에도 없는 양쪽의 대화. 그리고 예고도 없이 날아오는 마법. 방패를 들어 막은 정현수의 뒤에서 정설아가 당황하지 않고 소리쳤다.

"대흑마법사의 제자께서 계신다. 예를 갖추어라."

"……!"

근엄한, 동시에 예를 지키는 그녀의 정갈하면서도 아름다운 목소리에 순간 침묵이 닥쳤다.

다행히 소설이나 영화에서처럼 눈치 없이 개소리하지 말라며 나섰다가 황천길로 떠나는 흑마법사는 없었다. 흑마법사 대부분은 똑똑하니까.

아니, 마법을 배우는 사람들은 기본적으로 똑똑하다. 수식을 이해해야 하고 사용해야 하고 응용해야 하기에.

거기에 흑마법사들은 눈칫밥까지 먹으면서 산다.

이런 무거운 분위기에, 흉흉한 대륙 정세에서 대흑마법사의 제자 이야기가 나왔다.

장난이라 받아들이고 넘기기엔 뭔가 이상하다. 특히 지령까지 내려온 상황이 아닌가.

"증거를 보여라!"

최우선 순위로 내려온 지령.

대흑마법사의 제자를 찾아라.

그리고 내려온 게 '성녀를 찾아라'다.

현 상황에서 대륙의 정세를 결정지을지도 모르는 중요한 순간에 혹여 거짓일 가능성이 있음에도 속아 넘어가야 한다.

흑마법사들이 한 걸음 물러서자 정설아가 강예슬에게 눈치를 줬다. 입을 삐죽 내밀던 강예슬이 지팡이를 들었다. 그리고 흑마법을 사용했다.

스페셜 등급의 직업, 대흑마법사의 제자만이 사용할 수 있는 마법을.

"대흑마법사의 제자를 뵙습니다!"

"대흑마법사의 제자를 뵙습니다!"

스페셜리스트는 생각보다 빨리 흑마법사와의 접점을 만들었다.

4

흑마법사들과의 접촉엔 이틀이 걸렸지만 흑마법사들의 교단까지 향하는 데엔 그보다 많은 시간이 걸렸다.

"아니, 뭐가 이렇게 멀어."

"4대 금지 중 가장 안전한 남부에 교단이 있습니다."

그렇다는데 어쩌겠나.

어쨌든 무사히 미션을 완료했기에 가는 길에 한시민과 길드 대화를 통해 많은 이야기를 나눴다. 그런 와중 신전에서의 접촉도 공유했고.

—예? 성녀요?

—네.

—우리 중에 성녀가 누구…….

—난가?

—응, 아냐.

강예슬의 김칫국에 핀잔을 줌과 동시에 빼액이에 관한 일이 알려졌다.

—헉. 빼액이가 사람으로? 그게 돼?

—되더라. 돈이 15억이나 들 뿐이지.

—와, 그 귀염둥이가 어떻게 변했을까?

—보고 싶어요.

자연스럽게 여자 두 명이 기대감을 표출했다. 머릿속에선 빼액이에 대한 그림이 그려졌다. 언제나 한시민의 어깨가 없으면 두 여자에게 날아와 애교를 부리던 빼액이다.

—당연히 남자겠지?

—시커먼 아저씨면 나 정말 판월 접을 거야.

—그럴 리가.

평소 조용하던 정설아마저도 들떠서 말할 정도!

그만큼 빼액이의 인간화는 그녀들에게 있어 중요한 문제였다.

—어렸으면 좋겠는데……. 너무 어리면 양심에 찔리니까 한 고등학생 정도 나이에 미소년스러웠으면 좋겠다.

—쯧쯧.

마치 없던 막냇동생이 생길 때의 누나들 마음이랄까.

한참을 들떠서 얘기하는 둘 사이로 한시민이 조심스럽게 끼어들었다.

—환상을 깨서 미안한데, 여자야.

—……엥?

—여자더라고. 그렇게 됐어.

일말의 미안함도 느껴지지 않는 말에 둘이 침묵했다.

뭐 그렇다는데 어쩌겠나. 아쉬웠지만 상관은 없었다. 그래도 귀염둥이 빼액이라는 사실은 달라지지 않으니.

다만 강예슬이 조심스럽게 의문을 제기할 뿐이었다.

–혹시 성녀라고 오빠가 일부러 막 여자로 변신하라고 강요한 건 아니지?

–말도 안 되는 소리를. 뭐 그럴 수만 있다면 했겠지만 들어보니 드래곤한테도 성별이 있더라.

–……칫.

어쨌든 그런 놀라운 소식을 주고받느라 교단까지의 시간은 빨리 갔다. 마음 같아선 당장에라도 빼액이의 모습을 보고 싶은 강예슬이었지만 마음을 삼켰다.

–빼액이 보고 싶어? 이번에 쓴 1만 골드만 채워줘라. 그러면 당장 영상 찍어서 보내주고 빼액이랑 한 달 동안 놀게 해줄게.

–됐어. 나중에 가서 볼래.

한시민의 클라스는 영원했으니까.

폴리모프는 오래 걸리지 않았다. 빛이 번쩍이고 사람이 한 명 생겼을 뿐이다.

180이 넘는 한시민이 눈을 살짝 내리까는 것만으로도 시선을 마주할 수 있는 큰 키를 가진.

"……."

입이 절로 벌어졌다. 당황스러운 눈빛이 눈앞의 빼액이를 머리끝부터 발끝까지 쭉 훑었다. 어이없으면서도 시선은 한 번도 빼액이에게서 벗어나지 않았다. 그리고 다시 머리끝까지, 아니, 빼액이의 눈까지 도달했을 때 미간이 절로 찌푸려졌다.

"빼액이?"

당장에라도 빼애액 하고 외칠 것만 같으면서도 낯설다. 내가 아는 빼액이가 아닌 것 같다.

당연하다. 지금껏 한 번도 인간의 모습을 본 적이 없으니까.

언제나 새였고 거대한 가고일이었고 이제는 드래곤이었다.

그런 이미지를 가진 귀여운 빼액이가 이런 모습으로, 인간의 모습으로 그의 앞에 섰다.

어찌 안 낯설겠는가.

하나 이건 뻔뻔하기론 세상에서 한 손가락에 꼽히는 한시민마저도 평정심을 유지하기 힘들 정도로 당황스럽다. 시선이 빼액이의 옆으로 다가온 카르디안에게 향했다.

"이거 뭐냐?"

"뭐가 말인가."

"왜 빼액이가, 우리 빼액이가 저런……."

"드래곤도 나름 성별이 있고 성향이 있다. 각자만의 특색으로 폴리모프할 뿐."

"……."

그러니까 빼액이의 특색이 저거다?

아닌 거 같은데.

나름 폴리모프하며 한시민도 생각했던 빼액이만의 이미지가 있다. 남자든 여자든 상관은 없지만 이왕이면 딸 같은, 귀엽고 상큼한 소녀 같은 이미지를 원했다.

어차피 그의 테이밍된 드래곤인 건 변함없을 테지만 게임인데 이왕이면 시커먼 아저씨보단 귀여운 아이가 애교를 받기엔 좋을 테니까.

한데 이건 예상에서 너무 벗어난 게 아닌가.

"네 취향이 아닌가? 내가 보기엔 나보다 더 인간들의 취향일 것 같은 몸인데."

"……."

170이라는 정설아와 비슷한 키에 어깨 너머까지 내려오는 치렁치렁한 금발, 굳이 설명하기도 입 아플 정도로 완벽한 이목구비와 주먹만 한 얼굴은 드래곤 종족 특성이 아닐까 싶을 정도로 완벽했고 진화하며 추가된 화염 속성으로 인한 적안은 신비로운 느낌마저 물씬 주며 보는 이의 시선을 빨아들인다.

그뿐이랴. 대사제가 있었다면 당장 사제복을 벗어 던지고 빼액이에게 인생을 올인 하겠노라 선언할 만큼 완벽한…….

"내게는 그런 욕망을 보이지 않았으면서 너무하는 거 아닌가?"

"크흠."

어쨌든 시선을 거두고 고개를 까닥였다. 자연스럽게 로브를 건네고 빼액이가 입는다. 그리고 환한 미소와 함께 달려들었다.

"아빠!"

"……."

방송이 켜져 있었다면 한시민의 주소를 따내 레이드 올 법한 그림이 영주실에서 벌어졌다.

5

"아빠!"

"어, 어?"

환하게 웃으며 달려오는 빼액이를 향해 저도 모르게 두 팔을 벌렸다.

그래야 할 것만 같다. 그만큼 반갑게 뛰어오니까.

찰랑거리는 금발, 누가 드래곤 아니랄까 봐 눈 깜짝할 사이에 눈앞까지 당도한 빼액이의 얼굴, 가슴속 깊이 차오르는 따뜻함.

"컥."

그리고 묵직한 충격.

달려오는 속도 그대로 한시민에게 안겼으니 물리적인 힘은 그가 고스란히 받아내는 게 정상이다.

하나 한시민의 고통에도 빼액이는 개의치 않았다. 아예 두 다리까지 허리에 감고 안긴 게 꼭 매미 같다. 달랑 로브 하나 걸친 그녀의 굴곡이 고스란히 느껴질 정도로 꽉 매달린 상황.

정말 진심으로 방송이 켜져 있었다면 한시민은 테러를 당했을지도 모른다. 그가 그렇게 느낄 만큼 빼액이와 그의 사이는 가까웠다. 또 노골적이었고.

"아빠, 안녕?"

그런 그의 귓가에 매혹적인 미소와 함께 속삭이는 목소리는 남자의 정신을 아찔하게 만든다. 몸과 정신 둘 다 흔드는데 그 어떤 남자가 버티겠는가.

한시민도 흔들렸다.

"야, 야. 좀 떨어져 봐."

"싫어. 아빠한테 안겨 있을래."

"……."

물론 남자의 본능보단 생존의 욕구가 앞섰다는 게 문제였지만.

안기면서 느껴지는 느낌보단 어정쩡하게 물러서다 고정된 자세와 끌어안는 드래곤의 힘에 체력이 쭉쭉 달고 있다는 게 더 거슬린다.

드래곤과 포옹하다 이러다 정말 죽기라도 하면 그 얼마나 개망신이란 말인가.

거칠게 떼어내면 못할 것도 없지만 또 이렇게 인간 모습의 빼액이를 보니 마음이 약해진다.

"일단 내려오자, 응?"

"응, 아빠."

해서 어르고 달랬다. 다행히 빼액이는 고분고분 말을 들었다.

"……저기, 안 떨어질 거니?"

"응!"

그저 허리에 둘렀던 발만 뺐다는 점에서 달라진 게 없을 뿐.

"하아."

아픈 골머리에 머리를 감싼다.

남이 들으면 행복에 겨워 죽빵을 맞아도 이상하지 않을 고충이다. 분명 한시민이 원하는 대로 되기도 했고.

성녀로서 추앙받는 데 필요한 조건인 성별과 마케팅을 위한 외모도 훌륭하다 못해 차고 넘칠 정도로 대단하다. 남자로서 호칭이 거슬리긴 하지만 이렇게 달라붙는 게 나쁘지만도 않고.

다만 자꾸 투영될 뿐이다.

"진짜 빼액이가 맞긴 맞나 보네."

"응! 아빠!"

작은 새였던 빼액이의 모습이.

부정하려 해도. 그 새와 눈앞의 여자가 자꾸 겹쳐 보인다.

아무리 미녀가 되었어도 빼액이는 빼액이구나. 차라리 작은 새였으면 엉기는 게 덜 거슬렸을 텐데.

"빼액아, ……아빠 도와줄 거지?"

"응! 당연하지!"

평정을 되찾고 빼액이의 머리를 쓰다듬으며 자상하게 말한다. 평소 같았으면 대충 이래라저래라 명령했겠지만 사람의 모습이니 왠지 모르게 쉽게 대하기 힘들어진다.

'나도 역시 인간이긴 하구나.'

암, 속은 드래곤이지만 그래도 인간인 모습으로 있을 땐 인간 대접을 해줘야지. 이렇게 살갑게 구는데 매정하게 대하는 것도 아빠 된 도리로 너무하는 것이고.

무엇보다 카르디안에 이어 시청자 수를 확실하게 늘려줄 빼액이가 아닌가!

현대 사회에선 외모도 돈이라고 했다.

먹고살 능력이 없어도 외모만 있으면 잘 먹고 잘살 수 있는 시대!

괜스레 오늘따라 빼액이가 대견해 보였다.

진심을 담아 머리를 쓰다듬어 주었더니 빼액이도 좋아했다.

"헤헤. 아빠, 사랑해."

"……응, 알았으니까 너무 움직이지는 말고."

그녀의 애정에 대한 적응은 시간이 좀 필요할 것 같아 보였다.

세인트는 태어나서부터 대신전에서 자랐다. 언제나 신을 믿었으며 섬겼고 신 말고 어떠한 것에도 눈길을 줘본 적이 없다.

당연히 여자도 멀리했다. 준수한 외모에 탄탄한 근육까지 대신전이라는 벽만 아니었다면 수많은 여성이 기도하러 신전에 들렀을지도 모를 만한 조건을 갖췄음에도.

덕분에 그는 젊은 나이에 대사제까지 오를 수 있었고 신전의 여덟 장로 중 한자리를 꿰찰 수 있었다.

역사상 전무후무한 최연소 대사제이자 장로!

자부심도 있었다. 신을 모시는 것에 대한 자격이 높아졌다는 느낌이랄까.

앞으로도 쭉 이 페이스를 유지해 교황까지도 바라볼 수 있다는 희망도 가졌다. 그리고 이 마음은 평생 변치 않으리라 확신했다.

아주 당연한 확신이었다. 지금껏 살며 신에 대한 마음 이외에 것이 그를 흔든 적은 단 한 번도 없었으니까. 제아무리 예쁜 여자라도, 돈, 명예, 권력도 신에 대한 기도 앞에선 끄떡없었다.

이번에도 마찬가지다. 성녀를 찾으러 왔지만 성녀에 대한 감정은 고결함과 숭배 그 이상도 이하도 아니다.

교황에게 갖는 딱 그만큼의 감정. 신이 선택한 사람들이기에 갖는 존경심.

성전에 적힌, 그리고 역사서에 대대로 내려져 오는 성녀에 대한 소문 따위는 사실 여부조차 상관없었다.

한데.

"……."

그런 그가 영주실의 문을 열고 들어간 순간 멈칫했다.

"아빠! 나 이거 불편해. 벗으면 안 돼?"

"야야, 인마. 손님 왔잖아. 그렇게 훌렁훌렁 벗으라고 편하게 만들어진 로브가 아니라고. 다시 올려. 스읍, 골드 없다?"

"힝, 알겠어. 아빠랑 있을 때만 벗을게. 그럼."

"……마음대로 해라, 어휴. 내가 제 명에 못 살지."

소파 위에서 엉켜 있는 남녀. 위에서 깔고 앉아 로브를 걷

어냄과 동시에 혼나며 다시 올리는 여자. 밑에서 귀찮음과 체념의 표정으로 그런 그녀를 밀어내는 남자.

대신전에서 평생을 살았던 그에겐 납득할 수 없는 그림. 특히 단어가 상당히 그의 심장을 욱신거리게 했다.

"아, 아빠?"

세상에 저런 그림에 아빠라니!

문화 충격이다.

올곧은 마음을 가진 세인트가 휘청거렸다. 그럼에도 빼액이는 개의치 않고 얼른 자리에서 일어나는 한시민의 팔짱을 끼고 들었다.

"어서 오세요. 괜히 신전의 사제분께 안 좋은 걸 보여드린 것 같아 죄송하네요. 진짜 제 딸은 아니고요. 의붓딸? 정도라고 생각하시면 되겠네요. 어쩌다 보니 그렇게 돼서. 아시다시피 성녀들은 신의 선택을 받잖아요? 제가 몰래 숨기고 보살피려다 보니 어쩔 수 없는 선택이었습니다."

"……."

이어지는 한시민의 말은 그를 더 당황하게 만들기 충분했다.

"시, 시선을 돌리려고 딸, 딸로?"

"예, 뭐. 우리 빼…… 아니, 혜기가 성장이 조금 빨라 보여도 사실 나이는 좀 적거든요."

"……."

잘 쳐줘도 10대 후반인데? 당신은 많이 쳐줘도 20대 후반이고?

뭐 아예 불가능한 조합은 아니다.

대륙엔 워낙 희귀한 일이 많이 벌어지고 10대 초반의 남자아이가 아빠가 되는 일은…….

'그런 일이 대체 왜!'

부정하고 싶지만 신의 가호를 받는 대륙에서 그 정도 일쯤이야 가끔 보일 수도 있으니까. 더군다나 아이는 남자가 낳는 것도 아니지 않은가.

의붓딸이라 말했지만 이미 세인트의 머리는 그쪽으로 상상의 나래를 펼치고 있었다.

'진짜라면 엄마의 나이는…….'

그래, 저건 그냥 날 속이기 위한, 마음을 불안정하게 흐트러뜨리기 위한 말일 뿐일 수도 있어. 저 여자의 입에서 나오는 아빠라는 단어는 의붓딸이라 보기엔 너무나도 자연스러운 친딸의 느낌이니까.

의심스러운 눈초리가 부녀를 훑었다. 엄마가 있을지도 모른다. 그렇다면 엄마는 적어도 현재 30대 후반이겠지.

어째서 그가 이렇게 두 남녀의 관계에 대해 파고들고 있는지는 그도 잘 몰랐다.

그저 문을 열고 본 로브가 바닥을 향해 떨어지는 모습과 그런 신이 주신 생생한 그대로의 성녀님을 본 뒤부터였을 것이다.

머릿속에서 그 그림이 지워지지 않는다. 다시금 가려진 로브가 야속하면서도 또 그마저도 답답하다며 쇄골까지 내린 부분에서 자꾸 밑그림이 그려진다.

대사제로서 해서는 안 될 생각!

하나 쉽게 지워지지 않았다. 또 부정하고 싶었다.

'저 둘은 친부녀일 거야.'

문밖에서까지만 해도 이런 생각을 하게 되는 날이 올 줄은 꿈에도 몰랐을 것이다. 평생 신을 모시며 사제는 그런 생각을 하면 안 된다고 굳게 믿고 있던 그다. 그런 그가 사랑에 빠졌다. 한눈에.

원래 늦게 배운 도둑질이 더 무서운 법!

'사제가 뭐. 사제도 남잔데.'

뭘 어떻게 해보겠다는 것도 아니고 그냥 궁금증을 풀고 싶을 뿐이다. 저 둘이 정말 부녀가 맞는지.

"가시죠. 우리 헤기가 저도 같이 가야 한다고 하니 양해 좀 부탁드립니다."

"예, 걱정 마시죠. 장인…… 아니, 영주님."

부녀가 맞으면 호칭을 정리해야 할 날이 올 거 같으니까.

신전은 황제 못지않게 돈이 많다.

"이래서 다들 교주가 되려 하는 거지."

어디서 버는지는 굳이 묻지 않아도 아는 한시민이 움직이는 호텔 침대 같은 마차에 뒹굴며 사치를 즐겼다. 사실 빼액이 혼자만 보내도 상관은 없지만 그러기에는 빼액이가 폴리모프한 뒤 보인 행동들은 하나같이 불안하기 짝이 없다. 애초에 한시민과 떨어질 생각도 않고.

"드래곤일 땐 그래도 시키면 여기저기 잘 돌아다녔는데."

첫날 몇 시간은 그래도 조심스레 다뤘었다. 한데 그것도 한두 시간이지, 하루 종일 붙어 다니려고 하니 결국 인성이 폭발했다.

대충 밀쳐 내고 떼어내고.

보통의 여자였으면 서운할 법도 하건만 빼액이는 지칠 줄 몰랐다. 태어날 때부터 길들여진 한시민의 행동들 때문!

어쨌든 둘은 그러길 반복했고 타협점을 찾았다.

"좀 떨어져."

"우웅, 싫어. 지금은 이래도 되잖아."

"……."

지금은 그녀의 시간!

대충 등을 돌려 손을 자유롭게 한 뒤 홀로그램을 통해 서핑이나 하는 사이 마차의 문이 열리고 카르디안과 세인트가 들어왔다.

"엄마!"

"……."

회피하는 시선과 의심의 눈초리로 훑는 세인트. 그러곤 구석에 앉자 유심히 살펴본다. 3초에 한 번 빼액이를 보는 걸 잊지 않고.

그렇게 한참을 가다 한 사제의 부름에 세인트가 마차를 옮겼다. 셋만 남은 마차.

"야."

한시민이 시선을 홀로그램에서 떼지 않고 내뱉었다.

"응! 아빠!"

"……."

"아니, 너 말고 디안이."

"왜 부르느냐."

"네가 엄마잖아. 좀 데리고 가."

"계약일 뿐. 부모의 정까지 줄 의무는 없다."

"너무 매정하게 그러는 거 아니냐? 우리 혜기가 널 얼마나 따르는데. 그치?"

"응, 아빠. 엄마도 좋아."

환한 미소.

카르디안과 함께 마차를 빛내는 두 여인.

그걸 보다 한시민이 문득 등을 돌려 카르디안과 시선을 마주했다.

"야, 디안아. 쟤 있잖아, 대사제. 빼액이한테 반한 거 같지 않냐?"

"인간, 그것도 수컷이라면 당연한 일이지. 특히 빼액이는 수컷들이 반할 만한 요소는 모두 갖추고 있다."

"……듣는 수컷 기분 나쁜데?"

"어쨌든 그렇다."

어감이 좀 그렇긴 하지만 덕분에 확신을 가질 수 있었다. 확신을 가진 그가 빼액이와 시선을 맞추고 미소를 지었다. 자본주의 미소. 목소리도 다정해졌다.

"혜기야, 이제부터 아빠 말 잘 들어. 알았지?"

호구에게 한시민은 언제나 친절하다.

6

빼액이는 한시민 앞에서 항상 웃었다.

"헤헤. 아빠, 뽀뽀해 줘."

"……가족끼리 그러는 거 아냐."

냉철하게 밀어내도, 이제는 귀찮다는 듯 시선도 마주치지 않고 등을 돌려 서핑해도 굴하지 않고 등에 매미처럼 달라붙어 시간을 보낸다.

영락없는 새였을 때의 빼액이!

인간이 되어 직접 대화를 나누어 보니 그때 얼마나 빼액이가 한시민에게 의지하고 그를 어떻게 생각하는지 실감이 났다.

누군가가 자신을 사랑한다는 건 나쁘지 않은 것이기 때문에 한시민도 빼액이에게 너무 매몰차게만 대하지는 않았다.

"밥 먹자."

"힝, 아빠. 나도 밥 먹을래."

"응, 밥 줬잖아."

"아니, 골드 말고. 아빠가 먹는 밥."

"어차피 골드 먹으면 배부르다면서."

"히잉."

"그렇게 과식하면 못 써. 지금 이 순간에도 대륙 곳곳에서 굶주리고 있는 기아들을 생각해 봐."

아닌 건 아니지만 밥은 잘 챙겨준다!

드래곤에게 기아들까지 걱정하라는 개념 없는 배려까지 하면서도 그녀의 칭얼거림은 받아주는 게 얼마나 그가 선심을 베풀고 있는 것인지 보여주는 단적인 예.

아는지 모르는지 빼액이는 마냥 실실 웃고 있었다.

하나 그건 어디까지나 한시민과 엄마인 카르디안에게만이었다.

"헉! 성녀님이시다."

"성녀님!"

"서, 성녀님. 무슨 일로……."

한시민의 말에 입을 삐죽 내밀며 마차 문을 열고 나온 혜기의 표정은 다른 사람들 앞에서 한없이 차가웠다. 언제 환한 미소를 띠며 세상 다정한 성녀의 모습이었는지 기억도 안 날 만큼 차갑고 냉철하다.

"무슨 일이라도 있으신지……."

특히 그런 그녀의 모습을 보았던 세인트는 더욱 긴장하고 침을 삼켰다. 이미 첫눈에 빠져 버린 터라 그녀의 굳은 표정이 마음에 걸렸다.

뭐지, 뭐가 저렇게 안 좋은 거지. 마차 안에서 무슨 일이 있었나? 리치 영주에게 그토록 매몰차게 밀려도 좋다고 웃던 성녀가 왜?

걱정은 들었지만 선뜻 다가가긴 힘들었다. 무려 신의 대사제임에도. 여덟 장로 중 한 명임에도.

그만큼 굳은 표정의 빼액이는 접근하기 힘든 아름다움과 동시에 위엄을 갖고 있었다.

그저 남자로서 너무 예쁘기에 자신감이 떨어지는 그런 위엄이 아니다. 뭔지 모를 본능의 경고.

다가가지 마라. 죽을 수도 있다.

드래곤 피어!

그런 인간의 생존 욕구를 건드리는 위엄에 가슴을 설레게 하는 아름다움까지 섞이니 뒤숭숭한 마음이 어떻겠는가.

온갖 상상의 나래가 펼쳐진다. 태어나서 연애 한 번 못 해본 세인트이기에 더더욱 그렇다.

저런 여자랑 연애하면 어떨까. 내가 어떻게 해줘야 할까. 저 얼굴에서 나에게만 짓는 미소를 받을 땐 또 얼마나 뿌듯하고 어깨가 치켜 올라갈까.

그런 그의 바람을 눈치채기라도 한 걸까. 빼액이의 시선이 그에게 닿았을 때, 얼어붙은 빙판뿐이던 그녀의 얼굴에 따스한 한 줄기 미소가 피었다.

"……!"

분명 한시민과 비교하면 거의 알래스카와 사하라 사막급의 온도 차이지만 세인트에겐 상관없었다.

'날 보고 웃었어!'

그의 머릿속에 이미 한시민과 카르디안은 그녀의 부모니까.

부모와 외간 남자가 어찌 같겠는가!

그럼에도 다른 사제들을 제쳐 두고 그에게만 웃어주었다. 이건 분명한 메시지가 있다. 가슴이 뛰었다.

얼굴이 벌게진 그에게 빼액이가 말했다.

"들어오세요."

단 한마디.

한시민에게 보이던 애교라고는 눈곱만큼도 포함되어 있지 않은 싸늘한 말이지만 세인트의 심장을 순간 바닥까지 떨어뜨리는 말이기도 했다.

그냥 해석하면 별다른 의미 없는, 할 말이 있으니 들어오라는 말이지만 아쉽게도 이미 상상의 나래를 펼치고 있는 세인트는 신께 사죄하며 걸음을 옮겼다.

안에 한시민과 카르디안이 있다는 걸 알면서도 어쩔 수 없는 남자의 본능!

그런 그에게 한시민이 더 심장이 두근거릴 말을 건넸다.

"죄송한데 디안이랑 혜기랑 먼저 가 계세요. 전 잠시 들를 때가 있어서."

"예?"

"문제 될 건 없죠? 사실 혜기가 하도 저랑 떨어지지 않으려 해서 오긴 했는데 다행히 엄마도 있고 말이 잘 통했네요. 아시다시피 요즘 정세도 흉흉하고 제가 할 일이 많아서 급하게 처리해야 할 일이 몇 개 있네요."

"……아."

슬쩍 빼액이의 눈치를 본다. 그러고 침을 삼켰다.

정말? 그럴 거야?

괜스레 설렌다.

분명 카르디안도 있다고는 하지만 찜해놓은 여자의 부모 중 한 명이 빠진다는 건 엄청난 기회다. 둘 다 빼액이를 귀찮아하는 건 마찬가지지만 왠지 모르게 그렇다고 막 들이대기엔 부담스러우니까.

특히 대충 밀어내면서도 다 받아주는 한시민과 달리 카르디안은 아예 터치 자체를 못 하게 단칼에 거절한다. 귀찮다고 마차 밖에 나가 있을 때도 많으니…….

"그러시다면……."

"예, 잘 좀 부탁드려요. 혹시 흑마법사들의 습격을 받거나 그런 일은……."

"걱정 마십시오! 제가 이래 봬도 대신전의 대사제입니다. 흑마법 교주가 오지 않는 한 어떻게든 성녀님은 지켜내겠습니다!"

"아, 예. 그럼 믿고."

"네네, 하시는 일 마치시고 제국에서 뵙겠습니다."

장인어른에게 잘 보이기 위한 과한 반응에 한시민이 겸손하게 고개를 숙인 뒤 카르디안에게 가죽 주머니를 내밀었다.

골드가 들어 있는 주머니. 5천 골드나 처먹고 폴리모프한 주제에 인간이 되었다고 또 꾸준히 밥 대신 골드까지 먹어줘야 하는 것 때문에 어쩔 수 없다.

한숨을 내쉬며 빼액이에게 눈치를 준다.

'잘해야 돼. 알지?'

'응, 아빠!'

결연한 표정의 빼액이가 힘차게 고개를 끄덕인다. 한시민과 카르디안이 있는 마차 내부에선 다시금 미소를 되찾고 밝은 상태. 떨어진다는 것에 눈물이 글썽였지만 한시민은 뒤도 돌아보지 않고 마차를 나섰다.

그리고 남은 셋.

"헤헤, 엄마."

평소처럼 달라붙는 빼액이와.

"꺼져라. 골드…… 아니, 떨어져 있어라."

단호하게 밀어내는 카르디안.

그러다 그녀가 얼마 지나지 않아 평소처럼 마차를 나섰다.

"힝."

결국 둘만 남은 빼액이와 세인트.

넓은 마차 안에서 다시금 무표정으로 돌아와 말없이 뒹구는 빼액이와 구석에 찌그러져 눈치를 보는 세인트.

어색한 침묵이 맴돌았다.

마차를 나선 한시민은 걱정이 태산이었다.

"잘해야 할 텐데."

직접 나서도 됐다. 아니, 오히려 직접 나서는 편이 훨씬 쉽고 편하게 대어를 낚아 올릴 수 있는 길이었을지도 모른다.

빼액이에게 이번 일을 전적으로 맡긴 건 순전히 도박에 가까웠으니까.

상대는 신전의 대사제고 신을 모시는 남자.

이지간한 입질이 아니면 도망칠지도 모른다. 카르디안이 있다고는 하지만 그 융통성 없는 시커먼 드래곤이 얼마나 도움이 되겠는가.

한번 확인해 보고 싶음이었다.

과연 빼액이가 해낼 수 있을까.

그에게 보이던 실실거리던 가벼움이라면 힘들겠지만. 어쩌겠는가.

"자기 밥그릇은 자기가 챙길 줄 알아야지."

암.

그의 사람, 아니, 용가리가 아니었다면 이런 관심도 갖지 않았을 것이다. 뭐 하러 시간 투자하고 손해 볼 각오하면서 이렇게 키울 생각을 하겠나.

전부 빼액이를 위해서다.

자기가 생각하고 호구를 낚을 줄 아는 능동적인 사기꾼이 되자!

그 순수하고 아빠밖에 모르는 아이를 그래도 되나 싶을 정도로 잠시나마 죄책감이 들었지만 이내 떨쳐 냈다. 죄책감을 느낄 것이었으면 지금까지 오지도 못했다. 이제 한시민의 인성은 거의 컨셉이나 다름이 없다.

물론 본인 생각일 뿐이지만.

"어차피 사람들은 가면 하나씩 쓰고 사는 거니까."

절대 자신의 본모습이라고 인정하지 않는다.

알아서 잘하길 바라며, 혹은 실패하더라도 무언가 배우는 게 있길 바라며 걸음을 옮겼다.

계획을 짜면서 자리에서 빠지겠다는 의도는 그냥 만들어진 게 아니다. 할 일 없이 제국까지 향하는데 굳이 마차를 벗어날 이유는 없으니까.

자리만 피하는 것이라면 다른 마차를 타고 가도 된다.

"일거양득이지."

이왕 성녀 짝퉁을 만드는 거, 진짜 성녀로 만들어버리지 뭐.

오랜만에 직접 몸을 쓰기 위해 스트레칭을 하며 움직였다.

7

"저, 성녀님."

"네."

어색한 침묵을 깬 건 세인트였다.

원래 목마른 사람이 우물을 파는 것.

세상에 한시민과 카르디안 외에 관심이라곤 눈곱만치도 없어 보이는 빼액이가 받은 지령이 있다 해도 먼저 말을 걸 리가 없다. 그러라 한시민이 시키지도 않았고.

"혹 불편하시진 않으신지요."

"네, 괜찮아요."

그렇게 시작된 대화는 더 어색했지만 그래도 이어져 갔다.

"드시고 싶으신 건……."

"아무거나 잘 먹어요."

"아! 그러시구나."

냉랭한 표정이지만 꼬박꼬박 대답해 주는 빼액이와 그녀의 진홍빛 눈빛을 마주하고 얼굴이 붉어진 세인트의 설렘 가득한 마차.

대수롭지 않게 내뱉는 말들 하나하나가 그에겐 그녀를 알아가는 과정이었다.

대사제가 감히 성녀에겐 가져선 안 될 마음이지만 그런 게 눈에 뵐 리가.

"저, 영주님께 들으니 성녀님 존함이 혜기라고……."

"네."

"영주님 존함이 한시민이라고 들었는데 그럼 한혜기 님이신가요?"

그러다 보니 굳이 묻지 않아도 될 사적인 질문까지 떨리는 목소리와 함께 나왔다.

어차피 대신전에 가 교황에게 모습을 보이고 신의 인정을 받았다는 걸 공표하면 그 순간부터 신과 연관된 모든 사제는 그녀를 성녀라고 불러야 한다. 이름 따위 알아서도 안 되고 알 필요도 없고.

대륙의 모든 사람도 그녀를 성녀라 부를 테니 사실상 이름은 의미가 없는 것이나 마찬가지. 그럼에도, 아니, 그렇기에 알고 싶었다.

곧 없어질 이름. 가족인 한시민과 카르디안만 아는 그 비밀스러운 정보를 공유하고 싶었다.

하나 빼액이는 잠시 말이 없었다.

혹시 알려주기 싫어서 그런가?

근심이 내리 앉았지만 다행히 성녀는 이내 고개를 저었다.

"아뇨, 전 의붓딸이라 아빠 성은 아니에요."

"아, 그러시구나."

"네, 그런데 앞으로는 한혜기 할래요."

"예, 그렇게 알고 있겠습니다. 한데 원래 성은 그럼……."

한시민과 성이 다르다는 것에 뾰로통한 표정마저 귀여워 절로 미소가 지어지는 그가 다시 한번 정중히 물었다.

쓸데없는 것에 보이는 관심은 확실히 대사제가 그물에 걸려들었다는 걸 의미했다.

그리고 빼액이 역시 그를 보고 옅은 미소를 지었다. 한시민에게 이런저런 이야기를 듣고 지시도 받았다. 또 카르디안에게서 많이는 아니지만 드래곤으로서 인간에 대해 많은 걸 배우기도 했고. 그 정보들이 실전을 통해 쏙쏙 머릿속에 녹아들었다.

이게 이런 거였구나. 아빠가 말한 게 이런 상황이구나. 엄마가 말한 남자들의 반응이 이런 거구나.

배우는 재미. 지적 생명체인 드래곤에게 이보다 더한 흥미가 또 있을까.

냉랭하던 얼굴 속 한 줄기의 미소는 조금 더 진해졌다.

다만 한시민에게 보이던 환하고 상큼한 미소는 아니었다.

요염한, 그리고 진득한 미소.

세인트의 침 넘어가는 소리가 말발굽을 뚫고 나왔다.

빼액이가 못 들은 척하며 말했다. 콧소리는 섞여 있지 않았다.

"배요. 배혜기. 제 원래 이름이에요."

한시민이 대충 생각나는 대로 지은 티가 팍팍 나는 이름임에도 그녀의 입에서 나오자 하나의 중요한 의미가 되어 세인트의 입에서 절로 되뇌게 되었다.

그렇게 대화가 흐르며 빼액이는 자신이 가진 강점을 어떻게 활용하면 되는지 직접 깨우쳤다.

한시민의 걱정 따위는 비웃듯, 그보다 더 월등히.

원래 신을 믿는 자들이 가장 기본적으로 갖추고 있는 것이 바로 맹목적인 신뢰다.

애당초 보이지도 않고 만져지지도 않고 그저 있다고만 하는 것을 아무렇지 않게, 단 한 줌의 티끌의 의심도 없이 믿으려면 그만큼 오랜 시간 자기 자신을 세뇌해야 하니까. 그러다 보면 자신이 믿는 게 곧 진리라는 착각이 생긴다.

어쩔 수 없다. 그나마 신성력이라는, 신이라는 존재를 합리화하는 무형의 물질이 존재하니 마련이지 있지도 않은 걸 있다고 믿으려면 얼마나 자기 자신에 대한 자신감을 가져야 하겠는가.

내가 믿는 게 맞다. 이는 곧 다른 사람들보다 자신이 우월

하다는 느낌을 갖게 한다. 신의 존재를 부정하는 자들을 배척해야 하기 때문.

또 그러다 보면 자신이 믿는 건 다 옳다는 쪽으로 변질까지 된다.

물론 판타스틱 월드에선 그게 나쁜 게 아니다. 신을 믿는 건 대륙에서 정해놓은 법이고 진리이고 황제마저도 인정하는 것이니까.

신전의 사제들은 존중받고 존경받으며 또 그만한 행동과 품위를 지킨다.

하물며 대사제는 오죽하겠는가.

지금까지 그렇게 살아왔다.

그런 그가 성녀에게 반했다.

'성녀님이니까 여덟 장로 중 하나인 내가 성심성의껏 모셔야 해.'

명분은 나쁘지 않았다. 애초에 신이 사제들에게 내린 신령 중 하나가 생명에 대한 아낌없는 사랑이 아닌가.

흑마법사나 악의 무리에 대해선 자체적인 해석을 통해 엄벌을 내리나 모든 것을 사랑하는 건 죄가 아니다.

해서 물었다. 카르디안에게.

"카르디안 님, 성녀님께서 영 음식을 드시지 않아 걱정됩니다. 혹 입맛에 맞지 않으신 것인지요."

그래도 엄마니까. 툴툴대며 밀어내도 걱정은 하겠지.

다행히 카르디안은 별생각 없이 세인트의 질문에 대답해 주었다.

“걘 금만 먹는다.”

“……예?”

진솔하게, 가리지 않고.

“어렸을 때 성녀로 간택됨과 동시에 저주가 내려졌다. 신이 선택한 광물. 신이 만든 광물의 신성력을 흡수해 체력을 보충해야 한다. 당연히 인간이 만든 음식만 먹으니 점점 체력이 빠지는 수밖에.”

“……아니, 그런 말을 이제야!”

“안 물어보지 않았나.”

약간의 거짓만 섞은 채.

왜 굳이 이런 거짓말을 해야 하는지에 대한 의문은 여전히 존재했지만 그건 한시민에게 하트를 빼앗기고 계약서를 썼을 때부터 깔끔하게 무시해 온 사항이다. 그냥 자살하라 같은 명령이 아니면 따르면 된다.

지금껏 그녀가 본 한시민은 인간이되 인간이 아닌, 오히려 마족들보다 흥미로운 존재.

이런 행동을 했을 때 어떤 결과가 나오는지 보는 것도 쏠쏠한 재미가 있다.

또 이미 마차 내에서 하루 종일 심심해 한시민이 준 골드를 다 까먹은 빼액이의 골드 수급도 보충할 필요가 있었고.

'내가 움직이긴 싫군.'

한시민은 그녀가 빼액이에게 어떻게 대하든 상관하진 않지만 빼액이가 잘못되면 당연히 어떻게 나올지는 보지 않아도 눈에 훤하다. 그래서 도왔다. 아니, 도울 것도 없다.

세인트가 빼액이에게 관심을 보인 이후 그녀를 귀찮게 하는 빼액이의 습격 횟수가 조금이나마 줄고 있었으니까.

허겁지겁 달려가는 세인트를 보며 고개를 저었다.

역시 수백 년 전이나 지금이나 사제와 마족, 두 부류는 사용하는 마력의 속성만 다를 뿐 변함이 없구나.

동시에 흥미가 일었다. 마족은 결국 대륙에 넘어오게 되어 있다. 그렇다면 어떤 양상이 펼쳐질까.

'대륙의 악마와 마계의 악마.'

누가 이길까.

다리를 꼬고 앉은 카르디안의 입가에 요염한 미소가 그려졌다.

9

스페셜리스트는 흑마법사 교단에 도착했다.

길고 긴 여정.

눈에 띄면 안 돼 마차도 타지 못하고 험난한 길을 오가며 4대 금지 중 한 곳까지 오는 것도 결코 쉬운 일은 아니었다. 흑마법사들마저 몇몇 큰 부상을 입기도 했을 정도.

"이렇게까지 하면서 여기다가 교단을 세워야 하나?"

"그만큼 눈에 안 띄게 살아온 방법이라는 거겠지."

정말 몬스터 한 마리, 한 마리가 대륙에 나오면 네임드 몬스터 취급을 받으며 수백 명씩 모여 레이드를 해야 할 만큼 강력하다.

한 번만 스쳐도 중상이고 제대로 맞으면 뼈까지 아픈 그런 몬스터들. 심지어 마법 계열의 몬스터임에도 흑마법사들의 공격력으로 가죽조차 뚫지 못하는 몬스터도 있었다.

하나 흑마법사들은 그동안의 세월이 결코 거짓이 아님을 증명했고 무사히 교단까지 도착했다.

남은 건 흑마법사들과의 조우. 침이 절로 삼켜진다.

물론 긴장할 필요가 하나 없는 상황이긴 하다. 평범한 게임이었으면 적진의 한복판에 들어온 것이나 다름이 없지만 판타스틱 월드에서 이미 강예슬은 스페셜 직업을 받은 순간 대륙의 절대 악이나 마찬가지니까. 이를테면 반대로 적진에서 유유자적 생활하다가 이제야 집에 돌아온 것이다.

처음 보는 식구도 많지만 전부 그녀의 수하들! 겁먹을 것이 무엇이 있겠는가.

다만 긴장되는 것은 단 하나.

텃세!

"시민 오빠, 진짜 그냥 내 성깔대로 해도 된다고?"

"그렇다니까. 뭘 쫄아. 남들이 볼까 봐 참았던 네 성격을 마음껏 보여줘도 되는 기회인데."

"……."

그에 대한 걱정을 한시민이 깔끔하게 해결해 주었다.

"마음껏 숨겨져 있던 욕구를 표출해. 그리고 네가 정말 악당이 된 것처럼 쓸고 다녀. 여긴 어차피 게임이야. 게임 데이터에 감정이입 하는 게 더 심각한 문제인 거 알지? 무조건 흑마법사 교단 먹어야 해. 이거 완전 큰 그림 각이니까. 잘만 하면 우리가 메인 에피소드 4, 아니, 5까지도 다 해먹을 수 있어."

"응, 잘해볼게."

이어지는 미래에 대한 희망.

강예슬이 고개를 끄덕였다. 동시에 심호흡도 한 번 크게 했다.

자연스럽게 머릿속에 그려졌다.

진짜 악당이란 어떤 사람일까.

신기하게도 단 1초의 망설임도 없이 그림이 그려졌다. 두루뭉술하게도 아니다. 확실한 그림이다. 그림이 그려진 걸 보며 조금의 의심도 없이 이게 맞구나 인정할 정도로. 아마 옆에 있는 정설아와 정현수가 보아도 고개를 끄덕일, 그만큼 완벽한 그림.

"시민 오빠라면 어떻게 할까?"

근 1년을 보아왔다. 서당 개도 아니고 그 정도 시간이면 그의 입장에 되어 생각하고 행동하는 것은 그리 어렵지 않다.

셋이 교단을 향했다.

대륙은 그야말로 혼돈의 도가니였다.

잠시 꼬리를 잘라내며 자취를 감춘 흑마법사들을 찾을 생각도 하기 전에 대륙 곳곳에서 터지는 전쟁 소식들.

대신전에서 들려오는 성녀의 탄생.

하나만 터져도 머리가 아파오는데 한 번에 세 개나, 역사서에 실릴 만한 큰일들이 터지니 어찌 조용할 날이 있겠는가.

당연히 이런 소란 속에선 정신 똑바로 차리고 기회를 잡는 사람이 이득을 본다.

그중 하나가 켄지였다.

"전쟁을 합니다."

영지는 아직 완성되지 않았다. 어느 정도 기틀은 잡았지만 완성되려면 시간이 필요하다.

하나 풍족한 자본으로 많은 NPC를 섭외했고 또 그를 바탕으로 수많은 유저를 길드로 끌어들였다.

단연 스페셜리스트를 제외하고 1등 길드라고 불릴 만한 전력.

유저이기에 가능한 빠른 성장.

태생부터 쳐 있는 대륙인들과의 벽은 깨지 못하지만, 어느 정도의 벽을 허물고 난 뒤 현실에서 가져온 돈으로 한계치까지 엄청난 속도로 성장할 수 있다.

그를 바탕으로 몸집을 더 부풀린다.

그리고 그 기회가 지금 왔다.

"가장 만만한 곳부터 치죠."

"네, 길마님."

NPC들과 비교하면 레벨도 낮고 무시당하기 일쑤인 모험가지만 그건 어디까지나 상위 기득권을 비교했을 때의 이야기다. 시간이 지나고 모험가들이 대륙에서 차지하는 비중이 조금씩 늘어나면 늘어날수록 그 격차는 좁혀지고 있다.

이미 어지간한 영지 정도는 유저들이 힘을 합쳐 무너뜨릴 수 있을 정도이니 모험가들의 잠재력은 충분히 증명된 셈.

거기에 NPC들까지 합세했다. 무서울 게 있겠는가.

게다가 명분이 무엇보다 중요한 영지전의 제약도 풀렸다.

여기저기서 영지전이 별 시답지 않은 이유로 터지고 너 죽고 나 살자 식으로 덤벼든다.

켄지 영지도 그런 식으로 전쟁에 참여했다. 빼앗은 뒤 지킬 수 있는, 그리고 피해 규모를 최소화하며 빼앗을 수 있는 영지 위주로 공격했다.

이런 전시에 당연히 상대측의 병사들도 무장되어 있고 반발이 만만치 않았지만 켄지 영지만의 가장 큰 장점, 죽어도 부활하는 유저의 숫자가 압도적으로 많다는 점을 활용한 전술을 이겨내지는 못했다.

게다가 켄지 영지는 잃을 것도 없다. 영지라고 해봐야 불모지에 쌓아 올리는 모래성 같은 것이니까. 아직 다 지어지지도 않았고.

그냥 영지를 비워두고 전력으로 돌아다닌다.

유저들 사이에서 사실 흑마법사들의 등장은 켄지가 의뢰한 게 아닐까 하는 의심이 제기될 정도로 많은 이득을 보았다.

방송을 통해 실추된 이미지도 많이 회복되었고 켄지 방송에 시청자도 많이 늘었다.

이제는 스페셜리스트보다 켄지 길드가 더 강한 것 아니냐는 말도 하나둘 나오기 시작했다. 개소리하지 말라며 금방 까였지만 그래도 이전과 비교하면 비교할 수 없을 정도로 발전한 셈.

켄지 또한 그런 사람들에 대한 말에 어떠한 코멘트도 달지 않았다. 은연중에 인정함과 동시에 그러지 않을까 하는 생각도 들었기 때문.

그도 그럴 것이 정말 많이 성장했다. 여전히 리치 영지, 흑마법사들이 대놓고 북부의 전력을 투자해 치려 했던 시도가 완전히 물거품이 된 것도 모자라 몰살당했다는 그곳에 감히 영지전을 걸 엄두는 나지 않았음에도.

갖고 있는 전력을 비교하면 이제 우리가 더 우위이지 않을까 싶었다.

—켄지 님, 부정하지 않으시는데 아마 개인적으로도 그렇게 판단하고 계시겠죠? 저 또한 예전부터 봐왔고 팬인데 혹 리치 영지에 대한 보복이나 스페셜리스트보다 우위라는 증명은 언제쯤 될지 여쭤봐도 될까요?

물론 이런 댓글엔 반응하지 않았지만.

어쨌든 켄지 영지에 희망은 가득했다. 적어도 스페셜리스트는 지금 현재 자취를 감춘 상황이고 그 전까지의 행보를 보면 우선 레벨을 올려 지금까지 독점하던 메인 퀘스트의 진행을 노리는 것처럼 보였으니까.

'결국 판월은 세력 싸움이야.'

그렇기에 나중이 되면 더 세력이 커져 최소 하나의 왕국만 이루면 뒤집힐 것이라 예상했다.

그리고 그런 그의 생각은 어느 날 켜진 한시민의 방송에서 그가 온몸이 흙투성이인 상태로 제국의 수도에 입성하는 걸 보며 굳혀졌다.

'쓸데없는 짓에 시간을 보내는구나!'

어쩌면 당연한 선택일 수도 있다. 스페셜리스트는 애초에 소수 정예였고 한시민이라는 특이한 존재로 인해 절대 넷으로는 이룰 수 없는 업적과 작위, 영지까지 얻었지만 한계란 존재하게 마련이니까.

그들 역시 돈을 쏟아부으면 말은 달라지겠지만 아무리 재벌가의 자식들이라도 직접 벌어 쓰는 켄지만큼의 자금을 충당할 방법은 없으리라.

그렇게 회심의 미소를 짓는 켄지의 눈에 이상한 장면이 들어왔다.

방송 속의 한시민. 그가 대규모 사제의 무리로 다가가는 장면. 또 사제들이 아무 의심 없이 길을 터줌과 동시에 한가운데의 눈부시게 아름다운 여자에게 다가가는 모습.

한없이 차가운 표정에 얼음이 떨어질 것만 같던 미녀의 얼굴에 언제 그랬냐는 듯 봄 같은 미소가 피며 그에게 안기는 것까지.

"……?"

이건 무슨 상황이지.

확신이 살짝 흔들렸다.

10

사제는 판타스틱 월드 오픈 초기부터 귀한 직업이었다.

지금도 마찬가지지만 유저 사이에서 골드 거래는커녕 실버마저도 비싼 가격에 거래되는 물량이 없어 거래되지 않을 시기, 빠르고 편한 파티 사냥을 위해 희생하겠노라 자처하고 신전을 찾아간 수많은 유저는 넘어야 할 기부금의 압박에 많이들 눈물을 머금고 돌아가곤 했었으니까.

사제가 되느니 사제가 된 이를 돈 주고 고용해 사냥하는 게 빠르다.

오죽하면 이런 말까지 돌겠는가.

그만큼 사제는 현실감 넘치는 세상에서 치료라는 기적을 일으키는 존재였고, 그런 존재가 되기 위해선 현금을 끌어다가 쏟아부어야 했다.

당연히 현실에서 여유가 좀 있는 사람들이 대부분이었고 그건 지금도 마찬가지다.

애당초 사제는 게임을 시작하자마자 레벨이 낮을 때 되지 않으면 의미가 없다.

가끔 마법사 중에서 마력을 찍어 사제로 넘어와 활약하는 경우가 없는 건 아니지만 애초에 마법사가 되는 건 사제가 되는 것보다 몇 배나 더 돈이 필요하니 비교할 필요가 없고.

어쨌든 그렇게 사제가 되는 사람들은 대부분 현실에서 여유가 있는 게이머.

사냥을 위해 한 몸 희생해 치유만 하는 사람들도 있지만 그냥 사제가 되어 게임을 즐기는 사람이 대부분이다.

도시를 돌아다니고 대접받길 좋아하며 가끔 사냥터에 죽어가는 유저를 살려주고 받는 감사의 인사에 기쁨을 느끼는 자들.

그런 유저들이 신을 믿을까?

현실에서 만나기 힘든 신을 게임에서나마 만나보겠노라 오는 사람들도 종종 있지만 그냥 개인의 만족을 위해서다.

그 와중에 성녀가 나타났다.

세상의 관심에선 한 걸음 물러난 채 게임을 즐기던 이들에게 찾아온 관심들.

신전에 성녀가? 이런 혼란에서 성녀가 무슨 일을 할 수 있을까?

많은 관심은 사제들로 하여금 성녀에 관한 호기심을 이끌어 냈다.

특히 유저들은 더할 수밖에 없다. 역사서에 그냥 대대로 미녀만 나온다고 대놓고 적혀 있는 설정이다. 궁금하지 않으면 그게 어찌 남자겠는가.

사제의 경우엔 여자의 수도 만만치 않았지만 남녀 가리지 않고 수도로 몰렸다. 그건 어쩌면 사제들에게만 허락된 특권일지도 모른다. 성녀를 볼 수 있는 기회.

—성녀 보고 싶다.

—사진 삽니다.

—얼마나 예쁠까.

하나 쉽게 볼 순 없었다. 제국에 성녀를 태운 마차가 들어온 뒤부터 졸졸 따라다녔지만 성녀의 모습은 먼발치에서도 볼 수 없게 철저히 꽁꽁 감싼 상태였으니까.

자연스럽게 애가 탔다. 온갖 말이 다 튀어나왔다.

—뭐야? 왜 안 보여줘.

—얼마나 예쁘면.

원래 질질 끌면 끌수록 기대는 하늘을 뚫고 올라가는 법이다. 관심을 끊을 순 없으니 계속해서 상상하고 또 그리기 때문이다.

그러다 보면 자신이 생각할 수 있는 최대한의 기대치까지 올라간다. 그런 뒤 실체를 마주하면 실망이 찾아올 수밖에.

—개못생긴 거 아님?

—그러지 않고서야 저렇게 가릴 필요 없는 거 같은데.

—아니, 대륙을 구하려면 우선 미인계로 사람들 좀 모아야지.

어찌 됐든 관심은 집중됐다. 아쉽게도 수도에 당도할 때까지 누구도 성녀의 모습을 보지 못했음에도.

그렇게 다들 성녀의 모습을 못 보고 대신전으로 떠나보내야 하나 싶은 와중, 일이 벌어진 것이다.

한시민의 방송.

어디서 또 강화하느라 굴렀는지 거지꼴이 된 채 씻을 생각도 않고 허겁지겁 수도에 당도한 그의 행보.

사제조차도, 심지어 교단에 꽤 많은 기부를 했는지 수습 사제도 아닌 자가 그저 성녀의 무리에 접근조차 하는 걸 거부당

했는데 한시민은 하이패스로 통과시킨다. 그리고 마차 앞에 당도했을 때 단 한 번도 열리지 않았던 마차의 문이 너무나도 쉽게 열리며 그녀가 나타났다.

클로징 따위 필요 없다. 한시민의 시점으로 송출되는 개인 방송은 그녀의 잡티마저 보일 정도로 깨끗하게 깔끔하게 아름다움을 잡아주었으니까.

시청자들의 마음을 배려해 주기라도 하듯 머리끝부터 발끝까지 훑어주는 센스는 비록 빽액이가 달려드는 바람에 오래가지 못했지만 커뮤니티를 비롯해 방송은 난리가 났다.

—뭐냐, 카르디안에 이어 이번엔 누구냐.

—미친, 너무한 거 아니냐.

—저 정도면 현실에서 밥 빌어먹고 살아도 하나도 안 억울하겠다.

—야, 야! 우리 여신님한테서 떨어져라.

금발에 적안, 순백의 잡티 없는 피부와 주먹만 한 얼굴, 취향을 가볍게 지려 밟는 외모와 침을 삼키게 만드는 몸매.

두말할 필요가 없었다.

—여신님.

—성녀님, 사랑합니다.

하늘을 뚫고 올라간 기대는 아쉽게도 현실을 뛰어넘지는 못했다.

그 결과는 환호와 열광이었다.

—오늘부터 성녀교.

—성녀교 뭐냐ㅋㅋㅋㅋㅋㅋㅋㅋ 가입한다.

—신 있어봐야 시커먼 남자일 텐데ㅋㅋㅋㅋㅋㅋ 나도 성녀교 가입한다.

"혜기야, 잘 있었어?"

"응! 아빠!"

그리고 단 두 마디가 오간 순간.

—아빠?

—…….

—난 그냥 오늘부터 시민이 믿으련다.

침묵은 세인트부터 시작해 시청자들도 피해가지 못했다.

팬클럽은 우후죽순으로 늘어났다. 비록 성녀가 유저가 아니라는 점이 아쉬운 요소로 평가되었지만 반대로 그 점이 팬질하기에 더 좋은 조건이라는 말 또한 그만큼 많았다.

게임이지만 현실과 다름이 없는 세상 속 아이돌. 얼마나 편한가.

현실의 삶을 망치지 않고 좋아할 수 있다. 현실에서도 덕질하는 것이 이상하지 않은 세상이 된 마당에 게임에서 예쁜 NPC를 따라다니는 것쯤이야. 그마저도 불안한 사람들에겐 익명이라는 명찰이 주는 해방감이랄까.

물론 쉽진 않다. 성녀라는 직위. 그것은 일반 유저들에겐 거의 닿을 수 없는 신이나 마찬가지였으니까.

현실에서 팬들을 위해 손 흔들어주고 인사해 주고 미팅도 해주는 연예인들과는 차원이 다르다. 그냥 먼발치에서 좋아해야 한다.

그럼에도 유저들은 개의치 않았다.

—미쳤다. 진짜 남자 사제들 성복 입은 거 보고 저딴 걸 성복이라고 만들었나 욕 오지게 했는데 사과합니다. 성복은 오직 성녀님만을 위해 만든 거였군.

–하악, 한 번만 눈앞에서 보고 싶다.

–영상 다시 보기 ㄱㄱ

–진심 역대급 레전드 영상. 나 그냥 영상으로만 보는데도 숨 멎는 줄 알았다. 세상에 적안이 그렇게 잘 어울리다니. 미친.

–여자인데도 덕질합니다.

이미 카르디안도 많은 팬을 보유하고 있는 상황이다. 하나 그녀가 말했듯 빼액이는 정말 사람에게 호감을 얻을 최적의 모습이었고 성녀라는 고귀한 직위까지 더해져 신비감까지 뿜낸다.

이런 상황을 한시민은 놓치지 않았다. 대신전에 들어가 빼액이와 함께 하지만 모습은 쉽게 보여주지 않으면서 말한다.

"혜기에 대한 선물과 조공은 리치 영지 혹은 계좌로 보내주시면 됩니다. 아쉽게도 혜기가 유저는 아니라 직접 현실에서 만나게 해드릴 순 없지만 성녀로 간택이 되고 대신전을 나오게 된다면 팬클럽 여러분을 대상으로 팬미팅 정도 자리는 한 번 마련해 보도록 하겠습니다."

하늘 위의 존재, 성녀. 그런 그녀와 만날 수 있는 기회를 제공.

한시민은 오늘도 돈을 버는 데 열심이었다.

11

그런 부수적인 문제는 이제 한시민에게 더 이상 고민의 거리가 아니다. 그냥 자연스럽게 물 흐르듯 끌어모은다. 그보다 중요한 문제를 놓치지 않으면서 진행할 수 있는 경지까지 왔다.

대신전 내부에 마련된 성녀를 위한 방에서 달라붙어 있는 빼액이와 함께 세인트에게 앞으로의 일정을 듣는다.

"성녀로서의 간택을 받아야 진짜 성녀로서 인정을 받게 됩니다."

"아니, 대사제님. 너무하는 거 아닙니까? 성녀라고 바쁜 사람 데리고 와 놓고 또 간택이라뇨."

"……죄송합니다."

"설마 대사제님도 믿지 않으시는 겁니까?"

"아뇨, 그럴 리가요. 전 믿고 있습니다. 다만 연례행사와도 같은 겉치레일 뿐이니 너무 신경 쓰지 않으셔도 될 것 같습니다."

펼쳐져 있는 고난과 역경.

이제부터 시작이다. 당연히 간택이고 뭐고 빼액이는 성녀가 아니니 객관적인 검증 방법을 쓴다면 아니라고 나올 수밖에 없다.

그러면 서로 민망한 상황이 도래함과 동시에 이 모든 계획은 물거품이 되겠지.

이미 빼액이에게 빠진 팬들은 그럼에도 조공을 할 테지만 그보다 큰 그림을 놓치고 싶지는 않았다. 해서 은밀히 물었다.

"검증이란 어떤……."

친분 둬서 뭐 하겠는가. 되기만 한다면야 문제 될 일도 없는 게임이니 돈까지 찔러 넣고 싶었지만 대사제에게 돈이 통할 리도 없고 빼액이를 이용했다.

"혜기가 아직 세상 물정을 몰라 이리저리 이끌려 당하다 상처 입을까 두렵네요. 신전의 말만 믿고 여기까지 왔는데 성녀가 아니라고 하면 얼마나 상처를 받을지. 또 세상 사람들의 손가락질은……. 어쩌면 평생 자취를 감추고 살아야 할지도 모릅니다."

"……!"

세인트가 잠시 망설이다 이내 입을 열었다.

"성녀의 간택 방법은 간단합니다."

"……?"

"여덟 장로의 인정을 받으면 됩니다."

"……."

그런 그의 표정엔 기밀을 발설했다는 비장함이 가득했다.

사실 신전에 목숨을 걸 필요는 없다. 인정받기보다 인정하게 만들 방법이야 이미 마련해 두었으니까. 게다가 한시민에겐 황제의 사위라는 든든한 배경이 있지 않은가. 그럼에도 이런 시험에 응한 이유는 하나였다.

'흑마법사와 신전의 충돌은 필연적일 테니까.'

최대한 많은 세력을 움직일 수 있도록 만드는 게 중요했다.

어쩌다 이런 상황까지 오게 되었는지 다시 생각해도 행운의 연속이었지만 그 행운들을 이용해 그림을 그리는 건 지금부터 그가 해야 할 일. 해서 시험에 응했다.

대신전.

수천 명의 사제가 모인 공간. 여덟 장로가 앉아 있고 중앙에 선 빼액이. 그 옆에 한시민은 없었다. 보호자 자격으로 따라왔지만 성녀를 제외하고 중앙에 설 자격이 존재하지 않았으니까.

이제부터는 그녀가 해야 할 차례다. 여덟 장로보다 더 높은 곳, 어쩌면 황제보다 높이 들어서 있는 자리에 앉아 있는 교황의 목소리가 대신전에 울렸다.

"신의 선택을 받았음을 증명해 보라."

말 한마디에도 신성력이 넘쳐흐른다.

황제보단 밑이지만 신전에서만큼은 그가 황제보다 높다.

그런 근엄함과 수천의 시선. 하지만 빼액이는 긴장하지 않았다. 그녀의 시선이 서 있는 한시민에게 닿았다.

다시 한번 화사한 미소가 그녀의 얼굴에 피었다.

절대적인 믿음.

한시민이 고개를 끄덕이자 고운, 신이 빚은 그대로의 아름다움이 고스란히 드러나는 순백의 성복을 입은 빼액이가 품에 손을 넣었다.

굴곡이 드러나는 성복 앞에 성녀의 등장을 반대하는 장로들마저도 침을 삼켰지만 눈초리는 여전히 따가웠다.

어떻게든 반대하리라.

알게 모르게 유치되는 긴장감. 그것은 곧 품에서 꺼내지는 하나의 물건에 깨져 버렸다.

"그, 그것은!"

아마 그건 그 누구보다 근엄해야 할 교황의 무거움이 깨지고 자리에서 일어나는 순간부터였을지도 모른다.

모두의 시선이 빼액이의 손에 들린 찬란하게 빛나는, 심지어 그녀의 외모와 몸매엔 시선조차 가지 않게 만들어버리는 진홍빛 왕홀로 향했다.

Episode 43.

로즈골드 홀리 드래곤 (1)

1

빼액이가 들고 있는 왕홀은 한시민의 소유에 있던 것이었다.

“휴, 진짜 자식새끼 먹여 살리기 힘들다.”

제국까지 향하며 시간 맞춰 15강 하기까지의 여정들이 머릿속을 스쳐 지나간다.

온갖 짐승의 습격뿐 아니라 4대 금지 중 한 곳까지 들어가 강화했던 그 시간들.

기껏해야 1주일 남짓한 시간 만에 목표했던 걸 채우느라 잠도 제대로 자지 못했다. 잠이야 애당초 하루 4시간 이상을 넘겨본 적이 없지만 그마저도 줄인다는 건 아무리 수면 시간을 최소화하는 데 적응한 한시민이라 해도 정신적인 스트레스.

그래도 버텨냈고, 그 결과를 보는 마음은 뿌듯했다. 저렇게 당당히, 수천의 사제 앞에서 한 줌 주눅 듦 없이 아빠가 만들어준 왕홀을 들고 있지 않은가.

오히려 술렁이는 건 수천의 사제들과 대사제, 장로들과 교황이었다.

"저, 저것은!"

"뭔데? 뭡니까?"

물론 모두가 상황을 파악하고 혼란스러운 건 아니었다.

술렁임의 시작은 교황이었다. 언제나 근엄하고 체통을 지키고 신의 뜻만 전하던 그가, 황제 앞에서도 신의 이름으로 굽히지 않고 떳떳하던 그가 이토록 놀라 자리를 박차고 일어나니 지금 상황이 어떤지 모르는 사람이라도 궁금할 수밖에.

특히 이 자리는 성녀임을 증명하는 자리다. 그런 자리에서, 자신은 성녀라 조금의 부끄러움도 없이 왕홀을 꺼내 들기까지 했다.

뭘까, 저 왕홀.

모두의 관심이 빼액이에게서 교황에게로 옮겨졌다.

답은 둘 중 하나가 말해줄 것이다. 그리고 분위기로 보아 교황이 말할 가능성이 더 컸다.

교황은 기대에 부응하기라도 하듯 중얼거렸다.

"성물……. 저것이 어떻게……."

"……!"

단 한마디.

나지막이 울려 퍼지는 중얼거림에 모두의 얼굴에 경악이 시렸다.

수백 년 전, 마족 침공 이후 사라졌던 신전의 성물. 교황의 상징. 다섯 전설 중 하나였던 그 당시 교황이 사용했던 왕홀.

그것이 시대를 뛰어넘어 현재, 성녀 간택의 자리에서 모습을 보였다.

성녀와 함께.

다섯 전설이 남긴 다섯 개의 상자. 그것에서 나온 왕홀. 당시 언젠가는 쓸 일이 있겠지 싶어 고스란히 모시고 있던 왕홀이 대신전의 성물이었을 줄이야.

'하긴, 다섯 전설끼리 뭉친 파티의 힐러인데 그 정도 클라스는 돼야지.'

이미 레전더리 등급의 강화사와 테이머를 얻은 마당에 사제가 될 건 아니고 나중에 강예슬한테 팔 기회가 올까 했던 게 결국 빼액이의 손에 들어갔다.

무려 교황의 무기! 신전의 성물!

강화하면서 오르는 수치와 붙는 옵션들을 보며 범상치 않으리란 건 알고 있었지만 이 정도라니.

미소가 절로 지어진다.

역시 베타고는 날 향해 웃어주는구나. 츤데레 같은 놈.

좌중의 시선은 여전히 찬란하게 빛나는 빼액이의 손에 들린 왕홀로 향해 있었고 교황은 믿기지 않는다는 눈빛으로 어느덧 빼액이가 서 있는 중앙 홀까지 내려왔다.

성녀 간택의 시간에 결코 일어날 수 없는 일. 동시에 다가와 내미는 손에 빼액이는 순순히 왕홀을 건네준다.

넘어가는 왕홀.

감격의 눈빛으로 정성스레, 두 손으로 왕홀을 건네받은 교황이 신성력을 불어넣어 본다.

우웅-

자체적으로도 충분히 빛나던 왕홀이 더없이 순백의 광채를 뽐내며 넓디넓은 대신전을 가득 메웠다.

"오오!"

수천의 사제가 무릎을 꿇고 기도한다. 개중엔 감격의 눈물을 흘리는 자도 있었다. 그저 한시민과 옆에 서 있는 카르디안만이 혀를 찰 뿐이다.

"……."

자연스럽게 성녀의 등장을 거부하는 장로들의 상황이 뻘쭘해졌다. 원래였다면 무언가를 선보이든 말든 거부했어야 맞다. 어차피 여덟 장로의 만장일치가 아니면 성녀의 간택은 무효로 돌아간다.

하물며 반대파 세력이 여섯인데 어쩌겠는가.

수천의 사제와 교황이 보고 있다는 것?

하나도 두렵지 않다. 애당초 신을 모시는 사람치고 말을 못하는 사람은 없다. 명분이야 갖다 붙이면 되는 것. 온갖 트집을 잡고 자그마한 흠이라도 끌고 물어지면 결국 무결해야 할 성녀 간택은 없던 일이 된다.

말도 안 되고 어이없고 억울해도 어쩔 수 없다. 성녀란 적어도 역사서에 적힌 대로라면 완전무결해야 하니까.

그 주관적이고 제멋대로인 단어는 장로들에게 힘을 실어준다.

"……."

"……."

장로들이 서로 눈치를 본다.

어떻게 해야 하나. 지금 태클 걸어야 하나.

그러기엔 분위기가 너무 과열됐다. 고작 둘뿐이지만 교황지지 세력에서도 만만치 않게 저항할 것이고.

해서 우선 기다렸다. 아직 간택된 것은 아니다.

"이것을 어디서 구했습니까?"

장로들이 우선 한 걸음 물러서자 교황의 말문이 열렸다.

여전히 왕홀에서 떨어지지 않는 시선에도 빼액이는 여유롭게 대꾸했다.

“눈을 떴을 때, 그분께서 주셨어요.”

“……!”

한 점의 거짓도 담기지 않은 눈빛, 담담한 어투.

교황의 시선이 처음으로 빼액이의 적안과 마주했다. 교황마저도 빨려들어 갈 것 같은 마력이 담긴 눈. 그곳에서 본 순수함에 교황이 고개를 끄덕였다.

“역시.”

아직 성녀는 아무것도 보여주지 않았다. 하지만 이미 교황은 그녀를 성녀로 인정하고 있었다.

이게 신앙이다.

수백 년 동안 그토록 눈에 불을 켜고 찾았던 교단의 성물.

사라진 게 아닐까, 마족들이 가져간 게 아닐까 온갖 추측이 돌아다님에도 그림자조차 찾기 힘들었던 물건이 어느 날 성녀의 등장과 함께 나타났다.

과연 우연일까.

수백 년 만의 우연?

신의 축복이라 믿는 게 더 쉽고 빠르다. 특히 사제들에겐.

“나, 교황 프라딕트는 성녀를 인정한다.”

그리고 그들에게 있어 인정은 곧 확신이다. 확신과 함께 쳐지는 울타리는 굳건하고 단단하다. 그 어떤 반대 의견도 배척한다.

수많은 사제가 교황의 단호한 결정에 감탄을 터뜨렸다. 그들 역시 왕홀을 빼고서라도 빼액이가 성녀가 되었으면 하는 바람은 가지고 있었던 상황.

교황의 인정과 함께 세인트를 비롯한 교황 측의 장로가 자리에서 일어났다.

"인정합니다."

"인정합니다."

동시에 수천 개의 시선이 나머지 장로들을 향했다.

엄청난 압박. 여기서 아니라고 하는 순간 이단이라는 돌팔매를 맞을 것만 같은 거룩한 분위기.

하나 장로들은 지금껏 수많은 위기를 넘겨왔다. 고작 이런 분위기 따위에 현혹되어 거룩한 대계를 망가뜨릴 것이었으면 애초에 교황의 편에 서서 더 많은 혜택을 보았겠지.

"왕홀이 진정 신전의 성물인지 확인할 필요도 있고, 그것을 가지고 있다는 이유만으로 성녀임이 증명되는 것은 아닙니다. 신전의 성물이 마족들의 손에 넘어갔다는 이야기가 역사서에 내려져 오는 것 또한 쉽게 봐서는 안 됩니다."

해서 총대를 메고 말했다. 순간 분위기가 얼었지만 멈추지 않았다.

"마족들이 가장 잘하는 것이 바로 이런 것입니다. 믿을 수밖에 없는 상황을 던져 주고 그 틈을 노리지요. 물론 아닐 수도 있습니다. 하나 작금의 분위기는 너무 과열되어 교황께서도 올바른 판단을 하기 힘들어 보이니 좀 더 신중하게 시간을 갖자 말씀드리는 것입니다."

"……."

반대하는 건 아니다. 하지만 좀 더 신중하자.

그럴듯한 말에 분위기는 가라앉았지만 교황은 그 말을 받아들여 주었다.

"맞는 말이오. 하나 리치 영지에서 이미 교황과 성녀만이 쓸 수 있는 세크리파이스를 선보인 바 있는데 이것은 어찌 설명할 것이오?"

물론 쉽게는 아니었다.

강렬한 눈빛. 절대 내줄 수 없다는 강한 의지.

추궁하듯 묻는 말은 공격적이기 그지없다. 신전의 성물을 들고 온 신성한 성녀가 혹 마족의 앞잡이일 수도 있다는 의혹을 제기한 장로들에게 던지는 화살.

교황은 그런 사람이다. 장로고 뭐고 신을 배반하는 자에겐 자비란 없다.

교황을 몰아내고 자신들의 사람으로 올리려는 그들의 속셈엔 분노하지 않지만 신전 공통의 이익을 위한 일에 그들의 사사로운 욕심으로 망치려는 건 절대 그냥 보지 않는다.

"당시 목격자가 없지 않습니까. 막말로 리치 영주와 그의 동료 모험가들뿐인데 운 좋게 성물을 찾아 아무나 성녀라고 내세우기라도 하는 것이라면 신전의 체면이 어찌 되겠습니까. 물론 그럴 리는 없겠지만 대륙의 운명을 맡겨야 하는 시국인 만큼 신중에 신중을 가하자는 것입니다."

"……."

순간 한시민이 뜨끔할 만한 성녀 간택의 진실이 장로의 입에서 튀어나왔다.

아주 차려진 밥상 위에 후추를 통째로 뿌려대는 장로 놈을 한시민이 노려봤다.

"저 새끼는 내가 한번 손 좀 봐야겠네."

소설 쓰는 능력이 제법이야. 예상치 못한 곳에서 요점을 집어낼 줄도 알고.

만약 그렇게 됐을 경우 신전의 체면이 바닥에 떨어지는 것은 맞는 말이기에 교황도 잠시 침묵했다. 그만큼 허를 찌르는 내용이었다.

상대가 한시민만 아니었다면, 성녀로 내세워진 빼액이가 골드 드래곤만 아니었다면 그들에게 꽤 유리한 쪽으로 상황이 흘러갈 수도 있었을 것이다.

세크리파이스.

희생 마법은 교황이나 성녀라도 마음껏 쓰고 싶을 때 마구 쓸 수 있는 마법이 아니니까.

적어도 한 달을 기다렸어야 했을 것이다.

하나 빼액이는 아니다.

그녀의 시선이 한시민에게 향하고 한시민은 그런 그녀의 빠질 듯한 적안을 마주하며 미소와 함께 고개를 끄덕인다.

씁쓸한 미소.

'내가 꼭 저 X끼들 지옥 보낸다.'

빌어먹을 장로 놈들. 결국 돈을 쓰게 만드네.

한시민에게 허락을 받은 빼액이가 교황의 두 손에 고이 쥐어진 왕홀을 다시 뺏어 든다.

그리고 하늘을 향해 치켜들었다. 이어지는 영창.

"세크리파이스."

"……!"

팟—!

놀랄 틈도 없이 세상이 빛에 물들었다.

"휴, 그래서 힘들지도 모릅니다. 성녀님께서 성녀로서 인정받는 것은."

"왜죠?"

"말씀드리기 부끄럽지만, 장로들 사이에도 파벌이 있습니다. 교황파와 아닌 쪽의."

"아."

세인트의 한숨 섞인 말에 한시민이 잠시 심각한 표정을 짓더니 이내 미소를 지었다.

"걱정하지 마세요. 적어도 세인트 님은 우리 혜기 편이라는 거잖아요."

"저야 물론 혜기 씨의 편…… 전 언제나 성녀님의 편입니다."

"그럼 됐습니다. 말씀해 주셔서 감사합니다."

"아닙니다. 아까 말씀드리지 못해 괜스레 죄송합니다."

"무슨 말씀을. 세인트 님 때문이라도 우리 혜기, 꼭 성녀가 될 것입니다."

"……예, 그랬으면 좋겠군요. 기적이 일어나길."

"그리고 그런 신의 뜻에 반하는 반역자들은 곧 사라질 겁니다."

"……예?"

"반역자요. 신이 선택하는 교황과 성녀를 지들 멋대로 바꾸려는 반역자."

한시민의 진한 미소가 아직까지 생각난다. 세인트는 순백의 광채 속에서 왜 갑자기 얼마 전의 상황이 떠오르는지 의문이었다.

하나 의문은 오래가지 않았다. 빛은 이내 사라졌고 세크리파이스의 포근함에 모든 사제는, 심지어 교황마저 무릎을 꿇고 신의 은총에 흐느끼는 중이었으니까.

세인트도 예외는 아니었다. 그런 와중에 그는 살짝 고개를 들어 빼액이를 보았다. 여전히 신성력이 가득한 그녀의 표정은 근엄했다. 근엄한 그녀의 입에서 아까까지와는 전혀 다른 목소리가 튀어나왔다.

"의심하지 마라."

"……!"

세상이 정지했다. 티끌만 한 소리도 감히 새어 나오지 않게 모두가 숨마저 죽였다.

아니, 자의가 아니다.

누구든 그럴 것이다.

빙의!

신이 이곳에 강림했으니까.

"그녀는 성녀다."

신께서 직접 말했다. 모두가 새로운 성녀를 마음으로 맞이했다.

"그리고 신전에 마족의 개들이 숨어 있구나."

이어지는 말엔 모두가 고개를 들었다. 초점이 풀린 빼액이의 시선이 위를 향했다. 시선들이 그를 따랐다. 그곳엔 성녀의 간택을 반대한 여섯 장로가 있었다.

“…….”

“…….”

빙의는 그것으로 끝이었다. 신은 더 이상 아무 말도 하지 않았고 초점이 돌아온 빼액이는 풀썩 주저앉았다.

하나 침묵은 풀릴 생각을 하지 않았다. 수천의 사람 중 미소를 띠고 있는 건 한시민 한 명뿐이었다.

2

시비를 걸어오는 상대에게 대응하는 방법은 수십 가지가 있다.

한시민은 그중 가장 쉽고 빠르고 그의 성격에도 맞고 효과도 좋은 방법을 택했을 뿐이다.

물론 이 방법은 상대가 어떻게 나오든 대처하고 싸워 이길 자신이 있어야만 쓸 수 있는 것.

그는 당연히 자신이 있었다.

‘사이비들이 뭐 있겠어? 지들도 사기로 장로직 꿰차고 있는데 나도 사기 좀 치지.’

사기엔 일가견이 있는 그가 아닌가.

'역시 착하게만 살면서 당해온 사기들이 이럴 때 도움이 되네. 하, 내가 누군가를 속여야 하는 날이 오다니. 세상은 정말 착한 사람을 그냥 내버려 두지 않는구나.'

자기 자신에게마저 사기를 치며 속이는 희대의 사기꾼의 큰 그림은 거기서부터 그려졌다.

그림을 그리는 건 어렵지 않았다. 세인트가 이미 반대파 장로들의 신상을 처음 보는데도 알 수 있을 정도로 상세히 말해주었고 현 교황파와 반대파 장로들의 세력 구도와 그들이 원하는 바에 대해 대략적으로 설명해 주었으니까.

거기다 성녀 간택에 자신들이 대놓고 반대파라고 나서지 않았는가.

적을 아는 상황에서 자신은 숨기고 있는 패가 무수히 많다. 해서 가차 없이 휘둘렀을 뿐이다.

원래는 이렇게까지 할 생각은 없었다. 좋은 게 좋은 거라고 그냥 성녀로 간택해 주었으면 적당히 대신전에서 자리 하나 받아먹고 영지에서 놀다가 나중에 더 큰 그림이 완성될 때쯤 한 다리 걸쳐 이득이나 보면 그만이었기에.

한데 장로들이 건드린 것이다.

아직 건드리지 않고 건드릴지도 모른다는 경고만 들었을 뿐이지만 한시민에겐 그게 곧 건드린 것.

적에게는 단 한 줌의 자비도 주지 말고 죽여라!

그리고 뜯어라. 살점 하나 남기지 않고.

각오를 다진 한시민은 최선을 다해주었다.

"아오, 내 돈."

[300,000GP를 소모합니다.]

빼액이의 마력이 회복되지도 않은 상황에서 마법을 쓰는데서 오는 페널티.

원래 골드를 소모해 마법을 쓰는 아이니까 페널티랄 것도 없지만 이미 한 번 할인 효과를 체감한 한시민에겐 뼈아픈 지출일 수밖에 없다.

다른 의미로 일생에 한 번 더 쓸 수 없는 비싼 마법.

GP마저 부족해 갖고 있던 골드를 전부 투자했다. 든든하게 속을 채워주던 25만 골드가 한순간 5만 골드로 줄었고 GP 역시 고작 한 번 변신할 만큼만 남았다.

그래도 남아 있는 골드를 현금으로 환산하면 75억이라는 말도 안 되는 금액이지만 어찌 쓴 금액과 비교하여 위안을 얻겠는가.

"X발, 3백억짜리 블록버스터가 별거냐."

일순 영화감독이 된 기분이다. 그래도 투자 비용 3백억짜리 영화가 꽤나 화려하고 반전도 있고 전율도 있다는 점에서 만족하기로 했다.

어느 누가 3백억을 써서 이렇게 실감하고 찬란한 영화를 만들 수 있겠는가. 기껏해야 CG 냄새가 최대한 덜 나게 만들 뿐이겠지.

하나 판타스틱 월드에서 벌어진 이 자연스러운 상황은 그렇지 않다.

보는 이는 굳이 3D 안경이나 4D 안경을 쓰지 않아도 캡슐을 통해 생생하게 감상할 수 있다. 그를 위해 촬영을 했고.

결의를 다지며 여섯 장로를 눈빛으로 지목한 채 풀썩 쓰러지는 빼액이에게 달려 나갔다. 그의 표정은 한껏 굳어 있었고 어느새 장착한 싸늘한 시선은 외부인 주제에 성녀 간택의 자리에 뛰쳐나간 그를 누구도 막지 못하게 할 만큼 위엄이 있었다.

모험가지만 황제의 사위가 된, 성녀의 보호자인 그만이 가능한 일!

"혜기야!"

"아빠……."

빼액이도 혼신의 연기를 했다.

그녀는 그냥 한시민이 시키는 일이라면 토를 달지 않고 무조건 열심히 한다. 그런데 거기에 한시민이 미끼를 하나 던졌다.

"잘해서 성녀 되면 골드 많이 줄게."

"아빠랑 놀이공원이라는 곳도 갈래."

"……그래."

미끼를 문 그녀는 주연 배우답게 잘해주었고 빙의한 것처럼 연기도 혼신의 힘을 담아 했다.

덕분에 모든 밑그림은 완성되었다. 잘했다는 의미로 어깨를 토닥여 준 뒤 자리에서 일어나 패를 꺼냈다.

황제의 패! 이제는 대륙인에게 황제의 사위임을 증명해 주는 패!

"신전의 일이라 제 딸에게 마족의 개라는, 마족에게 몸과 마음이 더럽혀지고 이제는 신의 이름마저 더럽히러 왔다는 오명을 씌움에도 분노를 삭이고 있었습니다. 한데 세크리파이스를 써 수많은 인명을 구한 혜기에게 또 한 번 세크리파이스를 쓰라는 무리한 강요를 통해 결국 이런 상황까지 만드니 더 이상 보고 있을 수만은 없겠습니다. 교황께 신의 말씀을 조사할 권한을 요구합니다."

"……!"

분노에 가득 찬 그의 목소리는 누가 봐도 자신의 딸을 걱정하는 아버지의 것.

수천 명 사제의 고개가 절로 숙여졌다. 부끄러웠기 때문이다. 하나도 틀린 말이 아니기에.

사용하지는 못하지만 신성 마법 중 최고, 단연 최강이라 부를 세크리파이스 마법을 모르는 사제는 없다.

한 번 사용하면 적어도 한 달은 신성력을 충전해야 하는 마법.

장로들은 그를 빌미로 시간을 벌려 했고 그 말에 수긍하는 쪽으로 분위기가 흘러갔다. 결국 성녀는 자신을 입증하기 위해 무리를 했고 쓰러졌다.

다 연기지만 동시에 현실이다. 생긴 건 비록 부녀보다는 연인에 가까울 만큼 나이 차이가 적어 보이지만 그런 사제들 사이를 뚫고, 그것도 그들의 안방이나 다름없는 대신전에서 교황 앞에 나와 말할 수 있다니.

정녕 신이 택한 성녀를 키운 아버지구나!

사제들이 감탄했다.

"와, 저 시민이란 사람은 게임 진짜 재미있게 하네."

"진정한 의미에서 롤플레잉 게임 마스터다."

"NPC라 해도 믿겠는데?"

유저들 또한 마찬가지였다.

판타스틱 월드.

가상현실 게임에서 가장 주의해야 할 것 중 하나가 과몰입이다.

특히 하루 종일 게임만 하는 폐인들에겐 그 무엇보다 우선시되어야 할 문제.

현실보다 게임에서 지내는 시간이 월등히 많은데 그 세계에 몰입되어 버린다면 그야말로 현실과 게임이 뒤집히는 상황이 벌어지고 말 테니까.

거기까지야 문제가 되지 않지만 그런 상태로 현실과 마주한다면? 다른 사람과 마주하고 판타스틱 월드에서 행동하던 것처럼 행동하면?

그게 곧 사회적인 문제로 이어지니까.

해서 유저들은 언제나 게임에서 자신이 유저임을 망각하지 않으려고 부단히 애를 쓴다. 그렇기에 어색한 부분이 있을 수밖에 없다. 결국 게임 속의 나이니까.

한데 한시민은 아닌 것 같다. 그냥 NPC 그 자체다. 유저 입장에선 연기이든 진짜 몰입이든 감탄이 나올 수밖에.

그런 모두를 놀라게 한 진지함 때문이었을까. 교황이 그늘진 표정으로 한참을 고민하다 이내 고개를 끄덕였다.

"허락하겠습니다."

역대 최악의 폭군이자 역사상 다시없을 성군인 현 황제가 즉위한 이래 처음으로, 아니, 수백 년 역사서가 기록된 이래 처음으로 신전에 외부인의 간섭이 허락되었다.

3

교황도 당연히 반대파 장로들을 탐탁지 않게 생각하고 있다.

그들은 신을 섬기기보다 자신들의 사리사욕을 우선시하며 어떻게든 교황 자리에 자신들이 오르고자 노력하는 이들.

그런 이들이 어찌 신의 이름으로 신성력을 그토록 유지하고 있는지 의문이 들 정도지만 지금껏 그들을 쳐내기 위해 노력하거나 그런 시도조차 해본 적이 없었다. 어쨌든 결국 모두 신의 품에서 기도하는 자들이니까.

어둠의 세력과 손을 잡은 것도 아니고 배덕한 것도 아니다. 그저 신을 믿으면서 동시에 권력도 탐하는 것뿐이다.

해서 그냥 지켜만 보았다. 그것이 반대파 장로들이 마음껏 자신들의 의견을 펼치고 계획을 세울 수 있었던 이유다.

장로와 교황. 그 한 직급의 차이는 곧 인간과 신의 거리만큼 컸기에.

그런 그가 직접 조사하는 것도 아닌, 외부인에게 조사를 맡겼다. 그것도 황제의 사위에게.

수백 년 전부터 이어져 오던 황실과 신전의 대등한 관계가 깨지는 시발점이 될지도 모른다.

아니, 그렇게 될 것이다.

이미 황제는 수도 없이 신전에 개입할 틈만 엿보고 있었고 교황은 그를 어떻게든 선을 그어가며 막아왔으니까.

혼신의 힘을 다해 막던 교황이 저 스스로 문을 열어주었으니 남은 건 입성뿐이겠지.

"……."

"교황님! 어찌……."

"여섯 장로를 조사해야 하는 건 맞습니다! 하지만 외부인은!"

교황을 믿고 따르는 단둘뿐인 장로도, 심지어 빼액이에게 마음이 뺏긴 세인트마저 우려의 목소리를 표할 정도로 중대한 일!

하나 교황의 번복은 없었다.

그 또한 신전에선 황제다. 신의 이름을 대신하고 신의 뜻을 대륙에 퍼뜨리는 대리인. 그런 그가 어찌 신을 대리해 내뱉은 말을 주워 담는단 말인가.

묵묵히 감내할 뿐이다. 그걸 알기에 두 장로도 답답한 것이고.

"죄가 없다면 별일 없이 지나갈 문제. 신께서 직접 강림하신 것은 그만한 의미가 있을 것입니다."

교황 또한 마찬가지다. 그의 판단엔 모든 게 신과 관련되어 있다. 평생 한 번 올까 말까 한 강림이 그것도 대신전 강당에서, 수천의 사제가 모여 있는 자리에서 벌어졌다. 분명 무슨 이유가 있을 것이다.

그렇다고 확신했다.

이유는 개뿔.

"진짜 개처럼 벌어야 한다는 말이 괜히 나오는 게 아니구나."

갖다 붙이자면 이유가 없는 건 아니었다.

하늘로 증발해 버린, 영상 속 극적인 장면 연출을 위해 터뜨린 300억, 아니, 450억의 복수를 위해서지.

여섯 장로가 반대만 하지 않았어도 세크리파이스까지 쓰는 일은 없었을 것이다. 어디까지나 최후의 상황에 쓰기로 약속한 시나리오니까.

그런 상황에서 30만 골드를 허공에 흩뿌린 한시민이 어찌 장로들을 용서하겠는가. 진심이 담긴 호소에 허락도 받았겠다, 남은 건 숙청뿐이다.

물론 그 전에 수금부터 하고.

"빼액아, 이리로 와봐. 사진 좀 찍자."

이렇게까지 할 생각은 없었는데.

역시 사람은 굶주려야 일을 하나 보다.

사진기사로 빙의한 한시민이 열심히 사진을 찍어댔다.

한시민이 만든 빼액이 팬카페는 초라하고 비루하기 짝이 없었다. 디자인도 엉망이고 누가 봐도 대충 만든 게 티가 나는 그런 사이트.

그럼에도 가입자 수는 하루가 다르게 늘어났다. 서로 몇 장 없는 빼액이의 사진을 두고 얼마나 예쁘냐 하루 종일 대화하고, 어디서 볼 수 있을까 고민하고, 또 조공은 무엇을 해야 할까 토론하고.

그런 상황에서 사이트에 등급 제도가 도입되었다. 조공과 선물과는 별개로 후원 금액에 따라 등급이 높아지는 아주 간단하고 자본주의적인 제도.

처음엔 당연히 등급을 높이려는 사람이 없었다. 이름만 팬카페지 아무것도 없는 사이트에 돈을 누가 쏟아붓겠는가.

내던져진 팬 미팅 떡밥?

그런 걸 믿는 바보 같은 사람은 얼마 없다. 그냥 심심해서 돈이 남아도는 사람 중 그래도 빼액이의 얼굴이 아른거려 조금 후원하는 사람 정도야 있었지만.

시작은 그들이었다.

-어?

5만 원을 후원하고 1Lv로 등급이 오른 이들이 자유 게시판에 올린 글.

—성녀님 사진이다.

사진 대신 링크가 첨부되어 있었지만 등급이 되지 못하는 사람들은 보지 못했다. 대신 호기심에 5만 원씩 후원하는 사람들은 늘어났다. 5만 원은 궁금증을 해결하는 데 있어 그리 큰돈은 아니었으니까.

—와, 예쁘다.

그곳에 올라온 사진은 고화질을 뛰어넘어 모공까지 보일 만큼 깔끔한 사진이었다. 그런 사진에 서 있는 성녀는 여신을 넘어 정말 하루 종일 보고 있어도 질리지 않을 만큼 예뻤다.

저 멀리서 부름에 고개를 돌리는 와중 찍힌 사진임에도, 보이는 것이라고는 뒤태와 귀, 옆선이 전부임에도.

당연히 사람들은 갈증을 느꼈다.

그런 갈증을 알기라도 하듯 높은 레벨의 게시판에 새로운 게시글이 올라왔다는 표시가 생겼다.

인간은 상상하는 동물이다.

저 위에는 뭐가 있을까. 양파 껍질을 까듯 레벨이 올라갈수록 여신님의 얼굴이 더 자세히 나오지 않을까.

후원자가 늘어났다.

4

세인트는 밤새 한숨도 못 잤다.

그럴 수밖에 없다. 그의 머릿속엔 온통 어제 있었던 대강당에서의 일만이 계속해서 반복되고 또 반복되며 두통을 유발했으니까.

당장 둘뿐인 교황파의 장로들도 반대쪽 장로들이 마음먹고 압박하면 하루 종일 마음이 불편할 정도로 고집 있고 세력도 만만치 않다.

한데 그 여린 몸으로 홀로 여섯 장로뿐 아니라 수천의 사제 앞에서 무리하면서까지 세크리파이스를 한 번 더 사용하였다.

말렸어야 했다. 왜 자신 있게 뛰쳐나가 말리지 못했을까.

그 가녀린 몸으로 세크리파이스를 한 번 더 무리하게 씀과 동시에 신의 강림까지 받았다.

굳이 성녀가 아니더라도, 그 누구라도 인간의 나약한 신체로 그런 일을 겪으면 곧장 쓰러질 수밖에 없다.

아니, 쓰러지는 걸로 끝나면 다행이지.

목숨을 잃었을 수도 있다. 높은 확률로.

다행히 방으로 옮겨져 생명은 붙어 있다는 말은 들었다. 하나 그뿐이다. 방에서 나오지 않는다. 얼굴이라도 보고 눈을 뜬 모습이라도 봐야 마음이 놓일 것 같은데 또 그렇다고 방문을 두드리러 갈 용기는 나지 않았다.

성녀가 그렇게 된 게 꼭 그의 책임만 같기에. 연민의 마음 한 줌, 그 죄책감에 뛰쳐나가지 못했던 그 순간이 무한히 반복되고 있기에.

나가도 됐었다.

세크리파이스. 한 번만 써도 몸이 녹초가 되는 그 마법을 휴식도 채 취하지 못하고 자기 몸을 버려서까지 자격을 입증하려는 성녀를 막기엔 연정 따위 없어도 충분히 가능한 일이니까.

"후우."

들키고 싶지 않았다. 하나 동시에 놓을 수도 없었다. 해서 한참을 고민 끝에 세인트는 성녀의 방으로 향했다. 긴장도 한껏 끌어올렸다.

성녀는 비록 쓰러져 있지만 대신전의 모든 일마저 멈춘 건 아니다.

성녀의 방에서 그녀를 간호하고 있는 리치 영주가 방문을 나서는 순간 대신전엔 역사상 단 한 차례도 존재하지 않았던

외압에 의한 수사가 이뤄질 것이고 대상은 무려 황제와도 독대를 청할 권리 정도를 가지는 장로들이 될 것이다.

이 얼마나 숨 막히는 순간인가.

그런 상황에서 그를 마주하는 것이다.

떨리지 않으면 남자가 아니다.

혹여 지켜주지 못했다고 화라도 내면 어쩌지. 같은 신전 놈이라고 썩 꺼지라고 하면 어떻게 해야 하나.

들을 질책은 두렵지 않지만 성녀님의 얼굴을 보지 못하게 되는 것은 두렵다.

내가 성녀의 편이라고 보여줄 증거라도 가지고 가야 하나.

안절부절못하면서도 어느새 세인트의 발걸음은 성녀의 방 앞에 당도했다.

노크할까 말까.

이 고민만도 30분이 더 이어졌다. 그리고 이내 두드렸다. 두 눈을 질끈 감고.

될 대로 돼라.

똑똑.

노크에 반응이 없었다.

한 번 더 했다.

또 반응이 없었다.

이번엔 좀 더 크게, 실례가 되는 게 아닐까 싶을 정도로 크게 두드렸다.

그제야 잠시 뒤 방문이 열렸다.

"……카르디안 님?"

"무슨 일이냐, 인간."

"……성녀님께서 무사하신지 걱정이 되어 왔습니다."

"들어와라."

성녀가 직접 마중 나오리라고는 기대도 안 했다. 하지만 적어도 한시민이 나올 줄 알았다. 입구에서 욕을 하며 꺼지라고 할 가능성이 가장 크다 생각했다.

한데 아니었다. 방문은 쉽게 열렸고 그 역시도 쉽게 환영했다.

들어가자 넓은 성녀의 방이 시야에 들어왔다.

그리고.

"……?"

"야, 야! 각도가 생명이라고, 각도가. 그렇지. 이불 살짝 내리고, 보일까 말까 한 정도만. 아니, 아니, 옷을 안 입고 있는 것처럼 보이랬지 누가 벗으래?"

"답답해, 아빠."

"벗는 순간 난 바로 경찰서라고. 빨리 입어."

그가 예상했던 수백, 아니, 수천 가지의 시나리오 중 이 방 안에서 보이는 광경과 맞는 건 단 하나도 없었다.

대한민국은 언제나 그렇듯 세계에서 게임 분야에 있어 압도적인 우위를 점해왔다. 세계 그 누구도 부정할 수 없는 사실.

가끔 이 부분에 있어선 우리가 더 나을 수도 있어라는 부분도 시간이 지나면서 전부 빼앗기고 말았다.

클리어 예상 일이 적어도 반년은 걸릴 것이라 예상하고 만들어낸 하드코어 보스를 단 하루도 되지 않아 클리어하는 일은 RPG에서 예삿일이고, 개개인의 컨트롤을 중요시하는 AOS 장르의 게임 역시 세계 대회에서 4강까지만 올라가도 한국 팀들끼리의 대회가 되어버리는 일 또한 다반사로 일어나니 그 누가 부정하랴.

그리고 그건 컴퓨터 게임 세대에서 캡슐, 가상현실로 넘어온 지금도 달라지지 않았다.

판타스틱 월드.

온 세계가 함께하고 지역, 성별, 나이, 국적을 초월해 모두가 대화하며 즐길 수 있는 게임. 거기에서마저 한국인들이 최고에 올라섰다.

물론 아직 판단하기는 섣부른 시기이긴 하다. 이제 막 게임이 출시된 지 1년이 다 되어가고 판타스틱 월드의 특성상 모험가들이 대륙에 적응하고 세력을 모으고 하나의 영지를 갖고, 나중에 결국 왕국을 세우게 되었을 때를 비교해 보아야 할 테니까.

그럼에도 시작부터 지금까지 레벨 랭킹을 놓치지 않고 길드 또한 전원 한국인으로 구성되어 있으며 대륙 최초로 모험가 귀족이 됨과 동시에 황제의 사위라는 자리에까지 올라간 이력이 있다.

누가 또 부정하겠는가.

나중에 바뀌더라도 지금은 인정할 수밖에 없다.

이렇게 한국에게 또 한 번 게임을 내주는가.

여러 의견이 오가는 상황 속, 성녀 팬클럽에선 결코 여기서만큼은 빼앗길 수 없다는 걸 증명하기라도 하겠다는 듯 과금 열풍이 불어닥쳤다.

—미쳤다. 레벨 3인데……. 우리 여신님, 많은 말은 하지 않겠다.

—미친 건 너겠지. 레벨 3이면 후원금이 100만 원인데 그 사진 몇 장 보려고 어휴.

—ㅉㅉ. 못 봤으면 말을 하지 마라.

명분도 그럴듯하지 않은가.

배고픈 성녀를 위해 기부하세요.

개뿔, 전부 한시민의 배를 채워주러 들어가지만 팬들 입장에선 얼마나 마음 편한 소비인가.

수많은 나라에서 얼마나 잘사느냐에 상관없이 수많은 사람이 돈을 투자했다. 그리고 만족했다.

그냥 그 후기만으로도 빼액이에게 쏟아지는 관심은 하늘을 뚫고 올라갔다.

대체 무슨 사진일까.

남은 보고 나는 못 보는 상대적 박탈감을 사람들은 쉽게 받아들이지 못한다.

아예 올라가지 못하는 산이라면 모를까.

돈은 그런 산이 될 수 있다. 해서 한시민은 그런 사람들을 위한 장치도 마련해 두었다.

–추천인 1명당 10원?

–누군가 1만 원을 충전하면서 추천인을 적으면 10원을 받는다고?

–애미야, 국이 짜다.

너무 짠 게 아니냐는 말들이 올라오지만 동시에 과금하기 어려운 사람들에겐 내려온 동아줄!

게임이 아닌 현실에서 경쟁이 붙기 시작했다.

빼액이의 사진을 보기 위해, 남들보다 더 높은 레벨을 자랑하기 위해.

5

황제는 당연히 대신전에서 일어난 일에 대해 들었다. 원래 이런 중요한 일에 대해선 신전 내부의 극비나 다름이 없기에 제아무리 황제라도 쉽게 알아낼 수는 없지만 모험가들이 나타나고부터는 달라졌다.

그냥 그 자리에 있던 모험가 사제들에게 물어보면 쉽게 답해준다.

아니, 물을 필요도 없다. 알아서 정보가 그들의 입에서 흘러나온다.

마음먹고 내뱉는 건 아닐 테지만 태생부터 사제인 자들과 모험가이면서 사제가 된 자들의 신전 일에 관한 마음가짐 자체는 다를 수밖에 없으니.

어쨌든 덕분에 이번 성녀 간택 사건 역시 황제의 귀에 들어갔고 그의 입가에 한 줄기 미소가 걸렸다.

"대단하군."

순수한 감탄!

매번 탐탁지 않게 생각하면서도 하는 행동들을 보면 인정할 수밖에 없다.

흑마법사들에게 큰 타격을 주는 것도 모자라 이제는 성녀를 어디서 구해와 신전에까지 들어가더니 황제의 힘이 신전에까지 개입할 수 있도록 길을 열어주다니.

"대단해."

현 황제로서도 시도할 생각을 않던 문제다.

물론 굳이 하려고 했으면 충분히 할 수 있었을지도 모른다. 하나 그를 위해선 교황이 아닌 교황의 반대쪽에 서 있는 장로들과 손을 잡았어야 했다.

그럼 결국 교황과 척을 지게 되고 나중에 대륙에 문제가 일어났을 때 신전과의 불화로 대륙은 불바다에 뒤 덥혔겠지. 또 반대쪽 장로들이 현 교황을 몰아낼 만한 자질이 있는 자들도 아니었고.

해서 그냥 내버려 두었었는데 이렇게 기회가 온다. 물론 공짜가 아니라는 것쯤은 안다. 그놈은 분명 무언가를 요구할 것이다. 물건을 먼저 구해오고 요구하는 주제에 또 엄청난 것들을 요구하겠지.

거절?

황제가 거절한다면 그 패를 버려야 하겠지만 한시민은 신경 쓰지 않을 것이다. 남에게 공짜로 주느니 그냥 버리는 쪽을 택하는 인간이 아니던가. 어쨌든 이번 신전과의 일은 황제로서도 충분히 구미가 당긴다. 원하는 무엇이든 내주리라 생각했다.

"하하하!"

기분 좋은 웃음이 황제의 집무실에 가득했다. 하나 그건 공주가 들어오기 전까지만이었다.

"공주, 왔느냐."

"……네, 아바마마."

어딘가 그늘진 구석이 가득한 아름다운 얼굴. 황제는 이유를 안다.

"하아."

역시 그의 약점은 공주다. 그 약점은 빌어먹게도 가장 잡혀선 안 될 놈에게 잡혀 있고.

좋던 기분이 한순간 바닥으로 떨어진다. 그럼에도 추스르며 공주를 위안한다.

"걱정 말거라. 위장 신분일 뿐이다."

"블랙 드래곤이라 하셨죠?"

"그렇다. 정체를 들킨 드래곤은 인간과 정을 나누지 않으니 너무 걱정하지 말거라."

"……정말이겠죠?"

"또 그놈이 공주를 두고 다른 여자와 순수한 사랑이나 나누는 놈은 아니지 않느냐."

신전의 일과 함께 전해져 온 소식! 한시민과 그의 아내, 또 딸까지 나타났다는 청천벽력 같은 일!

황제에겐 별 시답지 않은 소식이었지만 안타깝게도 공주에겐 아니었다.

"맞아요. 서방님은 그러실 분이 아니에요. 전 믿어요."

"……."

공주는 똑똑하다. 한시민에 대한 신뢰도 두둑하고. 하지만 그만큼 한시민에게 빠져 있기에 그런 그녀마저도 얼굴에 그림자가 드리울 수밖에 없다. 어쨌든 세상엔 그렇게 알려졌으니까. 또 세상은 카르디안이 드래곤인 줄 모르고. 무엇보다 그녀는 성녀의 정체 또한 모른다.

"성녀라니. 의붓딸……. 힝."

어쩔 수 없는 질투다. 누구라도 그럴 것이다.

황제가 그를 보며 근위대장을 불렀다.

"그놈에게 전하라. 시간이 되면 황궁에 들어오라고."

"예, 폐하."

돌아서는 근위대장을 황제가 다시 불렀다.

"아니, 그렇게 전하지 말고 이렇게 전하라. 비밀 창고의 물건 하나를 걸고 거래를 하고 싶다고."

"예, 폐하."

황제에겐 좋은 일이다. 하나 공주의 저 슬픔을 풀지 않는 한 좋은 일은 결코 좋은 일이 아니게 된다. 해서 줄다리기를 3달은 해도 모자랄 거래에서 시작하기도 전에 두 손을 먼저 들고 말았다.

6

세인트는 결국 걱정했던 어떤 말도 하지 못하고 나올 수밖에 없었다.

세상 진지하게 사진 찍는 것에만 몰두하는 동시에 걸친 건지 입은 건지 벗은 건지 알 수 없는 성녀에게 시선을 둘 만큼 용기가 있지는 않았으니까.

한참 뒤에 촬영이 끝나고 이제 막 대화를 하려고 할 때쯤엔 황실에서 사람이 와 한시민에게 말을 전하고 갔다.

"저 황실에 좀 가야 해서. 얘기는 나중에 하죠."

"아, 예."

또 한 번 다가오는 묘한 설렘. 한시민이 가면 여기서 성녀님과 시간을 보낼 수 있지 않을까.

"뭐 하세요? 안 나가세요? 같이 나가시죠."

"……예."

잠깐의 꿈에 불과했지만 세인트는 아쉬워하지 않았다. 그래도 무사한 성녀를 본 게 어디인가.

여기까지나마 용기 내지 않았더라면 그는 아직도 성녀가 쓰러져 의식을 회복하지도 못했으리라 상상하며 자책하고 있었을 것이다.

그래도 아쉬운 건 아쉬운 법.

축 늘어진 어깨를 보며 대신전 밖으로 향하던 한시민이 그를 토닥여 주었다.

"너무 걱정하지 마세요. 우리 혜기 건드린 그 돈벌레들은 제가 아주 그냥 뿌리를 뽑아버릴 거니까요."

"……."

진심이 가득한, 어디서 돈이라도 뜯긴 사람처럼 비장한 모습의 한시민이 대신전을 나섰다.

근위대장을 보낸 지 3시간도 채 되지 않아 당도한 한시민. 그는 곧장 황제에게 향했다. 그리고 다짜고짜 외쳤다.

"제시요!"

"……."

분위기는 살피지도 않은 채 내뱉는 천진무구한 사위의 모습에 황제가 미간을 잡았다.

아, 역시. 이놈은 이런 놈이었지.

슬쩍 공주의 눈치를 살핀다. 여기서 황제의 앞이든 아비의 앞이든 무시하고 화를 내도 이상할 게 없는 상황이다.

상식적으로 밖에서 남편이 다른 여자가 아내로 두었다고 소문이 쫙 퍼진 데다가 애까지, 그것도 성인에 가까운 여자아이의 아빠라는 것까지 온 세상에 알려졌는데 아내 된 도리로서 가만히 있다는 건 말도 안 되니까. 화내도 이해해 주리라.

황제는 그만큼 아량이 있다.

"……?"

하나 황제는 그가 예상하고 기대했던 그림을 볼 수 없었다.

"서방님!"

"어, 잘 있었어?"

언제 얼굴에 그림자가 드리웠었냐는 듯 환한 미소와 함께 품에 폴짝 안기는 새침한 공주. 지금까지 꿈을 꾼 건 아닐까 싶을 정도다.

함께 있을 땐 정말 이러다가 나까지 우울증이 옮지는 않을까 걱정될 정도였는데. 역시 딸내미 키워봐야 아무 소용없다더니.

황제의 한숨은 아쉽게도 둘 사이에 닿지 못했다.

"볼 때마다 예뻐지네?"

"어머, 정말이세요?"

"그럼, 당연하지."

언제나 그렇듯 닭살 돋는 말들을 아무렇지 않게 주고받는다. 공주는 거기서 아마 위안을 찾지 않았을까.

그녀가 아는 한시민과 조금도 다르지 않다. 물론 그녀는 혼자만 삭히는 그런 성격이 아니기에 은근히 물었다. 품에 안겨

서, 슬쩍.

"서방님, 아니죠?"

"뭐가 아냐?"

"그 드래곤과……."

"아! 당연히 아니지. 무슨 그런 끔찍한 소리를. 내가 정말 드래곤하고 결혼해서 애를 낳느니 혼자 살다 죽지. 게다가 이렇게 예쁜 마누라를 두고 내가 왜 그러겠어."

"그렇죠? 전 믿고 있었어요."

믿긴 개뿔. 한숨 소리가 아직까지 머리에 맴도는데.

그토록 괜찮다고, 아니라고 수백 수천 번을 말해주어도 통하지 않던 게 당사자 입에서 아무렇지 않게 천연덕스럽게 나오는 말 한마디에 넘어가다니.

황제의 눈가가 촉촉해졌다.

그러거나 말거나 한시민은 그녀를 조심스레 떼어놓고 황제에게 다가왔다.

공은 공이요, 사는 사다.

얼른 거래를 마치고 가서 그의 소중한 450억을 송두리째 폭죽놀이에 날려 버린 놈들을 응징해야 한다. 미소를 띠고 있던 그의 표정이 진지해졌다.

대륙을 지배하는 황제와 독대하는 주제에 밀리지 않고 자신의 페이스까지 잡는 모습에 황제도 덩달아 무게를 잡았다.

그만큼 한시민은 본 적 없을 정도로 든든했다.

"가서 조져야 할 놈들이 있으니 어서 거래하시죠. 마음에 들면 황실군과 같이, 원하시다면 폐하와 함께 가고 거래가 틀어지면 혼자 조질 겁니다."

"……."

당연히 진지한 만큼 대담했다. 감히 대륙의 황제를 상대로 일방적인 요구하는 거래를 내뱉을 수 있는 자가 어디 있겠는가. 한시민이기에 가능한 일이다.

또 지금껏 황제에게 자신은 그런 사람이다 말해왔고 보여줬고 증명했기 때문에 당당히 내뱉을 수 있다. 그러지 않았다면 아마 거래가 아무리 황제에게 유리하다 한들 한시민은 목숨을 부지하기 힘들었으리라.

하나 그러지 않았고 황제는 고개를 끄덕였다.

"좋다."

그는 능력 있는 자를 인정해 줄 줄 아는 황제다.

둘이, 아니, 공주를 포함한 셋이 비밀 창고로 향했다.

7

굳이 거래를 마치고 돌아가겠다는 한시민을 붙들고 함께 잠을 청한 공주 덕분에 한시민은 다음 날 떠날 채비를 갖추었다.

"……."

별일이 없었다는 걸 방문을 호위하는 기사에게서 들었고 또 공주의 보챔으로 어쩔 수 없이 한시민이 황궁에 남아 공주의 옆에서 손만 잡고 잤다는 사실을 알면서도 황제의 눈초리는 따가울 수밖에 없었다.

이런 도둑놈!

오늘이야 별일 없이 넘어갔지만 한시민도 공주에게 마음이 없어 보이진 않고 공주의 경우에야 한시민이 손만 뻗으면 좋다고 넘어갈 게 분명하다.

거기다 이미 혼인까지 한 마당에 걸릴 것도 없고 언젠가는 아이를 낳을지도…….

거기까지 생각이 도달하니 인상까지 찌푸려졌다. 물론 그런 눈초리 같은 건 신경도 쓰지 않는 한시민은 천연덕스럽게 인사를 건네고 황실군들과 함께 대신전으로 향했다.

크지 않은 규모. 하나 황실 정예 기사들. 황제를 수호하고 일개 기사단 주제에 왕국 하나를 박살 낼 수 있을 만큼의 전력이 되는 최정예다.

황제마저 함께 하려다 처음부터 너무 큰 간섭은 오히려 좋은 기회를 좋지 못한 상황으로 이끌 수 있기에 참았다. 한시민이 일을 더 잘되게 하면 했지 망칠 놈도 아니고.

자기가 마치 황제라도 된 것처럼 아주 자연스럽게 황실 기사단을 이끌고 나가는 모습에 배도 조금 아팠다. 저 뒷모습을 보면 자꾸 비밀 창고에서 떠나간 보물이 떠오른다.

"후우."

언제나 그렇듯 한시민과의 만남은 황제의 한숨을 낳았다.

여섯 장로는 당연히 이런저런 대비를 했다.

그들에게 주어진 이틀. 결코 길지 않은 시간이었지만 대비하는 데 큰 어려움은 없었다.

"건방진 놈, 감히 대신전의 장로들을 모함하다니."

"혼쭐을 내줘야 합니다."

"갖다 붙일 게 없어서 대신전의 장로들을 마족들과 내통했다 외치다니. 어이가 없습니다."

"그걸 순순히 받아들인 교황도 문제입니다."

"우리가 예전부터 마음에 들지 않았겠죠."

"성녀를 보호할 시간을 마련한 것이기도 할 테고."

"증거 따위는 없을 테니 타이밍을 잡아 반격할 일만 남았군요."

"교황이 성급했습니다. 우린 이번 기회에 교황까지 몰아낼 수 있을지도 몰라요."

애초에 그들은 결백했으니까.

“그래도 혹시 모르니, 우리끼리일 때 솔직히 말해봅시다. 혹 마족, 아니, 흑마법사들이라도 아주 작은 연을 만들어 둔 분 계십니까?”

“어허! 어찌!”

“우린 사제입니다. 어찌 그런 자들과 내통한단 말입니까!”

교황을 노리지만 그들의 태생 역시 신을 모시는 사제다. 장로직을 갖고 있는 이들에게 흑마법사들과 손을 잡을 이유 따위는 티끌만큼도 존재하지 않는다. 그게 비록 신을 향한 무한한 애정 때문만은 아니라도.

그것이 교황이 반대파 장로들의 수작을 지금껏 가만히 두고 본 이유. 대처할 자신이 있을뿐더러 그들의 기반은 지켜주어야 최악의 선택은 하지 않는다.

어쨌든 해서 장로들은 자신만만했다. 신전의 비자금들과 같은 문제를 꺼내 들었다면 조금 뜨끔했을지도 모른다. 하나 그 문제들 또한 그들에게는 조금의 피해도 없도록 이미 손을 잘 써둔 상태.

그런데 웬 상관도 없는 흑마법사 문제로 그들을 조사할 것이라니.

씨알도 먹히지 않을 말!

“우릴 바보로 보나.”

“진짜 성녀라도 거절합시다.”

“이참에 황제한테도 압박을 넣죠. 다음 교황을 위해.”

대비부터 시작해 반격할 시나리오까지 다 짜놨다. 덕분에 장로들은 당당히 한시민과 더불어 대신전에 입장하는 황실 기사단을 맞이할 수 있었다.

“조사에 협조해 주시기 바랍니다.”

“물론! 모든 걸 내어주겠소!”

진정 대륙을 수호하는 황실 기사단답게 위엄 있는 자태 속 정중하게 묻는 한시민에게 장로들 역시 질 수 없다는 듯 호탕하게 외쳤다.

조사가 시작되었다.

한시민은 당연히 태어나서 지금껏 무언가를 조사해 본 경험이 없다.

기껏해야 군대에서 잃어버린 보급품 찾는다고 관물대나 생활관 정도나 뒤졌지 언제 누군가가 숨겨둔 중요한 기밀 서류 같은 걸 찾아봤겠는가.

그만큼 예리하지도 못하고 또 경험도 없다. 게다가 직접 그 위치에 서서 그런 기밀 서류들을 만들어 본 적 또한 없으니 역지사지로 어디에 숨겨두었을지에 대한 예측도 하기 힘들다. 무엇보다 그런 기밀 서류 따윈 없을 가능성이 더 컸고.

'제정신이 아닌 이상 흑마법사들하고 교류했을 리가 없지.'

이 무슨 개막장 아침 드라마급 혹은 대여점에서나 팔던 전형적인 판타지 소설 클리셰란 말인가.

베타고가 정신이 제대로 박혀 있다면 이런 설정을 해두진 않았을 것이다.

흑마법사들 입장에서야 대신전의 장로를 매수한다면 분명 엄청난 메리트가 있겠지만, 장로들로서는 아주 사소한 티끌 하나라도 걸린다면 그들이 가진 모든 걸 내려놓을 뿐만 아니라 죽지도 못하고 고문당하다 생을 마감할 텐데 누가 그럴까. 이런 판타지 세상에서 흑마법사와 교류하며 멍청하게 기록을 남겨둘 리도 없고.

있어봐야 기껏 넘쳐 나는 대신전의 돈을 자기 마음대로 가져다 쓴 정도일 것이다.

하나 그것만으론 부족하다.

어찌 됐든 조사하기로 했으니 원하는 성과를 내려면 찾아야 한다. 그렇지 않으면 또 기세등등하게 고개를 쳐들고 빼액이를 성녀로 인정하지 못한다고 할 게 뻔하다.

한시민이 450억을 날려 이들에게 있지도 않은 죄를 가져다가 씌워 복수하겠노라 마음먹었듯 이들 또한 사람이라면 이런 모욕을 준 한시민을 결코 용서할 수 없을 테니까.

그렇기에 어쩔 수 없었다.

먹고 살고 돈도 벌고 흑마법사와의 콜라보를 맞추려면 이 방법밖엔 없다.

그가 아는 모든 지식이 총동원되었다. 그리고 그 지식 중엔 아무래도 관련된 드라마가 가장 많았다. 말도 안 되는 소설의 시각화일 뿐이지만.

'이 세상도 뭐 현실에 비하면 말도 안 되는 일투성이인데.'

문제 될 게 있으려나.

있어도 상관없다. 그 말도 안 되는 일들을 만들어낼 수 있는 능력이 가장 중요한 세상이니까.

한시민이 위엄 있게 걸음을 내디디며 오른쪽 손을 들었다.

"뒤져."

착-!

절도 있는 외침과 내리까는 손.

"예!"

미리 레벨 업 버프를 빌미로 합을 맞춘 황실 기사단이 얼굴에 철판을 깔고 발검한 뒤 예를 갖추고 그를 호위했다.

동시에 여섯 장로의 개인 공간부터 수색이 시작되었다. 자신만만하게 방문을 열어준 장로들의 표정이 굳는 건 그리 오래 걸리지 않았다.

"찾았습니다."

"여기도 찾았습니다!"

"흑마법사의 물건입니다."

헬 조선식 수색은 이제 시작일 뿐이었다.

to be continued

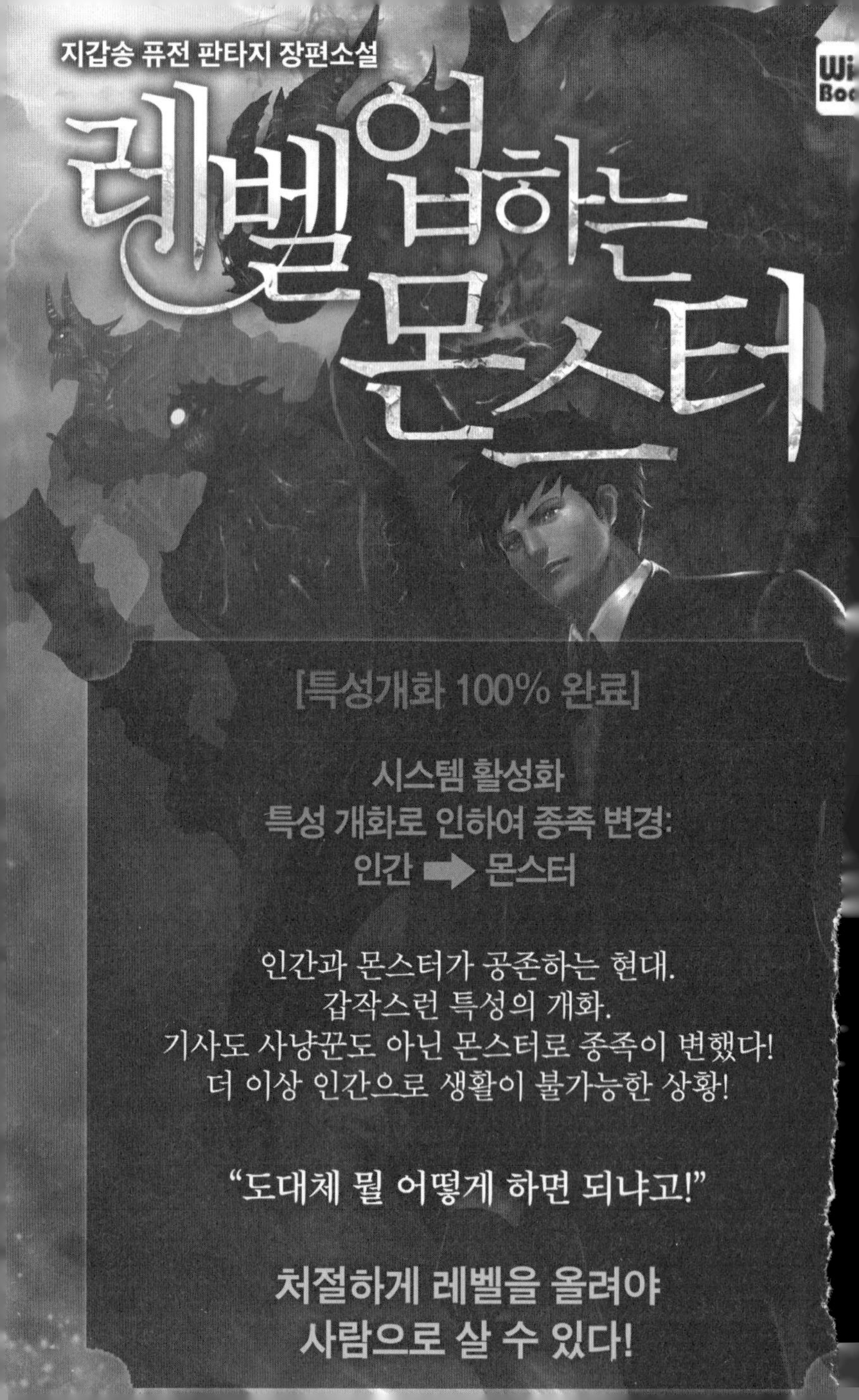
지갑송 퓨전 판타지 장편소설
레벨업하는 몬스터
[특성개화 100% 완료]
시스템 활성화
특성 개화로 인하여 종족 변경:
인간 ➡ 몬스터
인간과 몬스터가 공존하는 현대.
갑작스런 특성의 개화.
기사도 사냥꾼도 아닌 몬스터로 종족이 변했다!
더 이상 인간으로 생활이 불가능한 상황!
"도대체 뭘 어떻게 하면 되냐고!"
처절하게 레벨을 올려야
사람으로 살 수 있다!

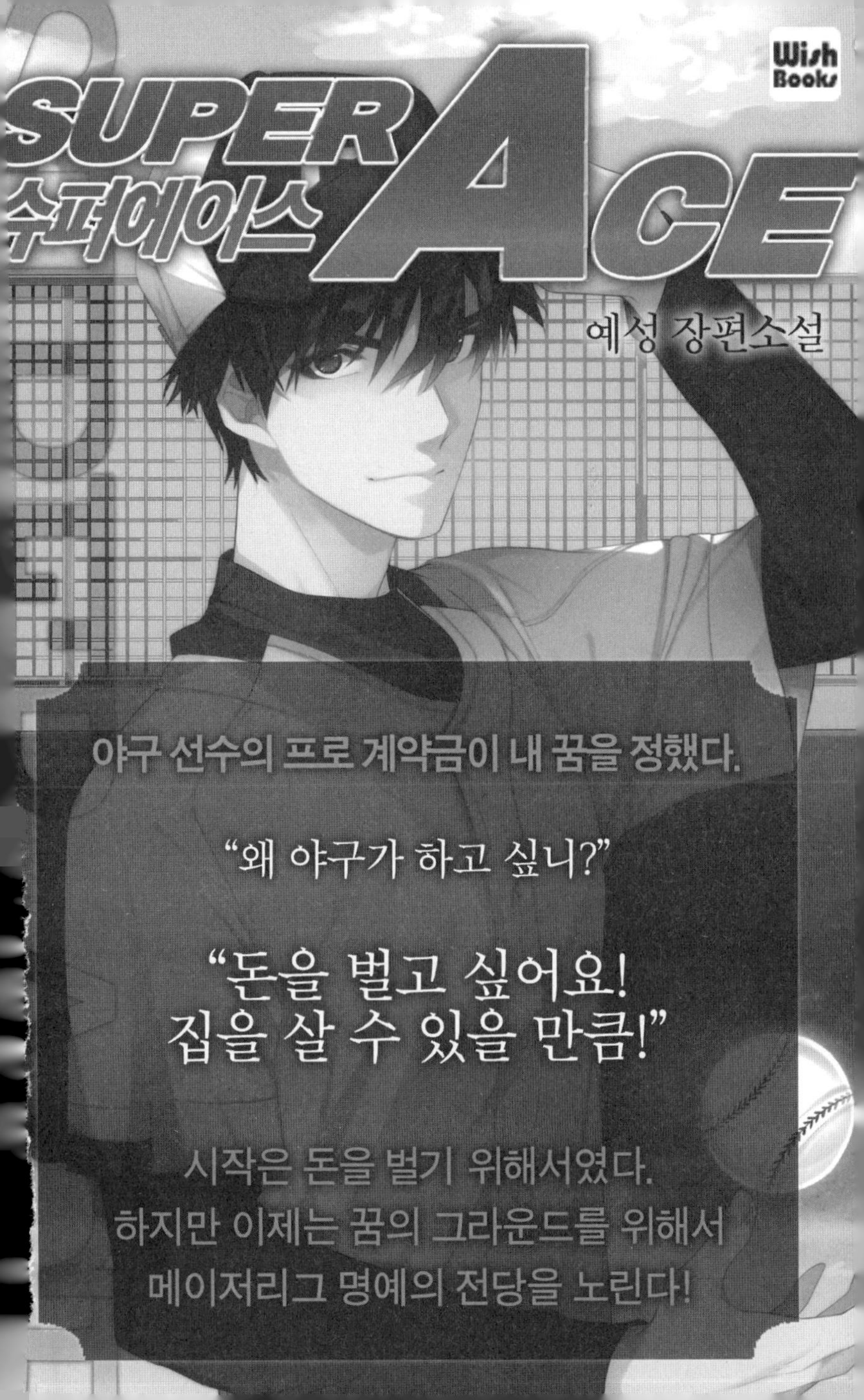
Wish Books
SUPER ACE
슈퍼에이스
예성 장편소설
야구 선수의 프로 계약금이 내 꿈을 정했다.
"왜 야구가 하고 싶니?"
"돈을 벌고 싶어요!
집을 살 수 있을 만큼!"
시작은 돈을 벌기 위해서였다.
하지만 이제는 꿈의 그라운드를 위해서
메이저리그 명예의 전당을 노린다!

'불친적하기 짝이 없는 이세계 '에리아'.
그곳에 소환된 '이성민'.

13년의 생활 끝에 죽음을 맞이한 그에게
또 한 번의 기회가 주어졌다.

재능이 없다.
그러나 그에겐 13년의 기억이 있다.

우연처럼 엮인 필연이, 그리고 목적이
그를 앞으로, 더 높은 곳으로 나아가게 한다.

이성민은 무엇을 바라였는가.
무엇이 되고 싶었는가.

"나는 다시 살아가 보고 싶다.
전생보다 나은 삶을."